David Jeremiah

Ein Traum wird wahr

Wahre Geschichten, die das Herz berühren

Über den Autor

Dr. David Jeremiah hat bereits rund 20 Bücher zu verschiedenen theologischen Themen veröffentlicht, von denen viele Bestseller wurde. Er ist Pastor und gefragter Redner, außerdem moderiert er eine Fernseh- und Radiosendung mit dem Titel „Turning Point". David und seine Frau Donna haben vier Kinder und zehn Enkel und leben in San Diego.

David Jeremiah

Ein Traum wird wahr

Wahre Geschichten,
die das Herz berühren

Aus dem Amerikanischen übersetzt von Jokim Schnöbbe

MIX
Papier aus verantwor-
tungsvollen Quellen
FSC® C014496
FSC
www.fsc.org

Verlagsgruppe Random House FSC-DEU-0100
Das für dieses Buch verwendete FSC®-zertifizierte Papier
Super Snowbright liefert Hellefoss AS, Hokksund, Norwegen.

Die amerikanische Originalausgabe
erschien im Verlag Integrity House Publishers
unter dem Titel „Grace Givers".
© 2006 by David Jeremiah
© der deutschen Ausgabe 2011 by Gerth Medien GmbH, Asslar,
in der Verlagsgruppe Random House GmbH, München

Die Bibelzitate wurden, sofern nicht anders angegeben,
den folgenden Bibelübersetzungen entnommen:
– Gute Nachricht Bibel, revidierte Fassung, durchgesehene Ausgabe in neuer Rechtschreibung,
  © 2000 Deutsche Bibelgesellschaft, Stuttgart (GN)
– Lutherbibel, revidierter Text 1984, durchgesehene Ausgabe in neuer Rechtschreibung,
  © 1999 Deutsche Bibelgesellschaft, Stuttgart (LÜ 84)
– Revidierte Elberfelder Bibel, © 1985, 1992 R. Brockhaus Verlag, Witten (RE)
– Hoffnung für alle – Die Bibel, durchgesehene Ausgabe in neuer Rechtschreibung, © 1986,
  1996, 2002 by International Bible Society, USA. Übersetzt und herausgegeben durch: Brun-
  nen Verlag Basel, Schweiz (Hfa)
– Einheitsübersetzung der Heiligen Schrift, © 1980 Katholische Bibelanstalt, Stuttgart. Durchgesehene Ausgabe in neuer Rechtschreibung, © 1999 Verlag Katholisches Bibelwerk GmbH,
  Stuttgart (EÜ)

1. Auflage 2011
Bestell-Nr. 816 467
ISBN 978-3-86591-467-5
Umschlaggestaltung: Michael Wenserit
Umschlagfoto: Shutterstock
Satz: Die Feder GmbH, Wetzlar
Druck und Verarbeitung: GGP Media GmbH, Pößneck
Printed in Germany

Inhalt

Einleitung 7

**Wer Gottes Gnade erlebt hat, weiß,
wie viel ihm vergeben wurde** 11
Seine Gnade genügt *David Jeremiah* 13
Ich ließ einfach los *Karen o'Connor* 16
Der verlorene Sohn
Don Hall mit Nanette Thorsen-Snipes 20
Die Begegnung im Krankenhaus *Betty Winslow* . . . 25
Das Geburtstagsgeschenk *Judith Scharfenberg* 30
Eine Portion Gnade *Darlene Schacht* 34
Gnade und Güte *David Jeremiah* 37
Vergeben? Wer – ich? *Suzannah Willingham* 40

**Wer Gottes Gnade erlebt hat, sieht andere Menschen
mit Gottes Augen** 45
Geben bringt Heilung *Sharon Gibson* 47
Eine außergewöhnliche Lehrerin *Candy Arrington* . . 51
Meine Freundin Rose *Janet Seever* 55
Die neuen Nachbarn *Tonya Ruiz* 59

**Wer Gottes Gnade erlebt hat, stellt sich ihm
bedingungslos zur Verfügung** 63
Mit Liebe genäht *Janice Young* 65
Jonathans Auge *Jessica Inman* 68
Ein Traum wird wahr *Oseola McCarty* 73
Grüne Tinte *Laura L. Smith* 78
Die Pflegerin des Jahrhunderts *Katherine J. Crawford* 82
Ein besonderes Vermächtnis *Jennifer Lynn Cary* . . . 85
Eine Tasse Hoffnung *Beverely Hill McKinney* 89

**Wer Gottes Gnade erlebt hat, rechnet damit,
dass erstaunliche Dinge geschehen** 95
Das Wunder im Ochsenstall *David Jeremiah* 97
Ein verzweifelter Hilferuf
Loretta Leath mit Nanette Thorsen-Snipes 100
Ein Gott, der uns nahe ist *Christy Phillippe* 105
Gebetserhörung auf dem Jahrmarkt *Christy Phillippe* 109
Gottes unsichtbare Fäden *Heidi Shelton Jenck* 113
Das Wunder auf Station 17 *Christy Phillippe* 116
In Jesu Namen *Christy Phillippe* 120

Wer Gottes Gnade erlebt hat, verändert die Welt . . . 123
Englischunterricht für Ausländer *Kathryn Lay* 125
Ein Lied, das Mut macht
Dr. Bella Gentry mit Laurie Klein 129
Ein Leuchtturm der Liebe Gottes *Jessica Inman* . . . 134
Wie unterstützt man Missionare?
Andrew Nimick mit Jessica Inman 138
Wo noch nie etwas geblüht hat
Gene Beckstein mit Gloria Cassity Stargel 142

**Wer Gottes Gnade erlebt hat, wird gesegnet,
indem er anderen dient** 147
Ein unerwarteter Segen
Jim Snipes mit Nanette Thorsen-Snipes 149
Hoffnung lässt nicht zuschanden werden
Margaret Lang 152
Wer hat wem geholfen? *Diane H. Pitts* 157
Die Weihnachtsüberraschung *Eva Juliuson* 162
Wie kann man Jesus einen Dienst erweisen?
Christy Phillippe 166
Das Wunder im Cromwell-Crown-Hotel
Harry Heintz mit Peggy Frezon 169

Einleitung

Was passiert, wenn man von der Gnade gepackt wird?

Jemand hat einmal gesagt, Gnade sei ein Wort mit fünf Buchstaben, das J-E-S-U-S buchstabiert wird. Er, Jesus, war die vollkommene, endgültige Verkörperung von Gnade, Liebe und Wahrheit. „Im Anfang war das Wort, und das Wort war bei Gott, und das Wort war Gott. ... Und das Wort wurde Fleisch und wohnte unter uns, und wir haben seine Herrlichkeit angeschaut, eine Herrlichkeit als eines Eingeborenen vom Vater, voller Gnade und Wahrheit. ... Denn das Gesetz wurde durch Mose gegeben; die Gnade und die Wahrheit ist durch Jesus Christus geworden" (Johannes 1,1.14.17).

Im ersten Jahrhundert war das griechische Wort für Gnade „charis". Ursprünglich war damit eine liebenswürdige und begünstigende Haltung gemeint, doch mit der Zeit nahm dieses Wort immer mehr die Bedeutung eines konkreten Geschenks an. Gnade wird also konkret. Wie Paulus erläutert: „Mit der Übertretung ist es aber nicht so wie mit der Gnadengabe. Denn wenn durch des einen Übertretung die vielen gestorben sind, so ist vielmehr die Gnade Gottes und die Gabe in der Gnade des einen Menschen Jesus Christus gegen die vielen überreich geworden" (Römer 5,15).

Gnade wird konkret und sie schreitet zur Tat: „Denn aus Gnade seid ihr gerettet durch Glauben, und das nicht aus euch, Gottes Gabe ist es" (Epheser 2,8).

Gnade dieser Art kann nur von Gott kommen. Sie ist ein unerwartetes, unverdientes und uneingeschränktes Geschenk. Egal, was wir getan haben, egal, wie groß unsere

Vergehen sind oder wie dunkel unser Herz ist – Gnade setzt sich über all dies hinweg. Gott geht uns unermüdlich nach. Er gibt uns nicht auf, und wenn er uns erst einmal in seine Arme geschlossen hat, lässt er uns nie wieder los.

Auf den Seiten dieses Buches werden Sie Menschen kennenlernen, die Gottes Gnade erlebt haben und dieses Geschenk nun an andere weitergeben. Wenn Gnade in unserem Leben konkret wird, können wir sie nicht für uns behalten. Sie muss einfach von uns auf unsere Mitmenschen überschwappen. Ich wünsche Ihnen, dass Sie beim Lesen von Gottes Gnade gepackt werden und diese Erfahrung mit anderen teilen.

*Gnade kommt dem Sünder entgegen, so, wie er ist.
Sie wartet nicht, bis sie von etwas angezogen wird oder
einen guten Grund hat.*

Horatius Bonar

Wer Gottes Gnade erlebt hat, weiß, wie viel ihm vergeben wurde

Als er aber zu sich kam, sprach er: Wie viele Tagelöhner meines Vaters haben Überfluss an Brot, ich aber komme hier um vor Hunger. Ich will mich aufmachen und zu meinem Vater gehen und will zu ihm sagen: Vater, ich habe gesündigt gegen den Himmel und vor dir; ich bin nicht mehr würdig, dein Sohn zu heißen! Mach mich wie einen deiner Tagelöhner! Und er machte sich auf und ging zu seinem Vater. Als er aber noch fern war, sah ihn sein Vater und wurde innerlich bewegt und lief hin und fiel ihm um seinen Hals und küsste ihn.

Lukas 15,17-20

Der verlorene Sohn, der so egoistisch und berechnend war, ist völlig überwältigt, als sein Vater auf ihn zugerannt kommt, um ihn willkommen zu heißen. In jenem Moment wird er von der Gnade gepackt, und er erkennt, was er vor lauter Rebellion bis dahin nicht begriffen hat: wie wunderbar die Liebe seines Vaters ist. Von ihm angenommen zu sein ist unvergleichlich, und ihm zu gehorchen ist pure Freude. Es ist gar nicht nötig, dass der Vater dem Sohn irgendwelche Vorwürfe macht, denn dieser ist sich inzwischen längst bewusst, was er dem Vater angetan hat. Sein Herz ist gebrochen, doch seine Seele geheilt. So ist die Gnade, die vom Himmel kommt.

Die Menschheit erreicht ihre höchste Anmut,
wenn sie um Vergebung bittet
oder sich gegenseitig vergibt.

Jean Paul Richter

Seine Gnade genügt

David Jeremiah

Es war der 8. November 1987. Gordon Wilson und seine 28-jährige Tochter Marie standen an jenem Sonntagmorgen in der nordirischen Stadt Enniskillen am Straßenrand, um einen Festzug anzuschauen. Während sie darauf warteten, dass britische Soldatentruppen und Polizisten vorbeimarschierten, explodierte hinter ihnen eine Bombe der Terroristengruppe IRA.

Ein halbes Dutzend Menschen starben sofort an der Druckwelle und Gordon und seine Tochter wurden metertief unter einem Steinhaufen begraben. Gordon spürte, dass er an der Schulter und am Arm verletzt war, konnte sich aber nicht bewegen. Da berührte jemand seine Hand.

„Bist du das, Papa?", flüsterte Marie. „Ja, Marie", antwortete ihr Vater. Dumpf vernahm er, wie Menschen vor Schmerzen schrien, und dann drang ein Klagelaut von Marie an sein Ohr. Er drückte ihr fest die Hand und fragte sie immer wieder, ob alles in Ordnung sei. Zwischen ihren Schmerzensschreien versicherte sie ihrem Vater, es sei nicht so schlimm.

„Papa, ich hab dich sehr lieb", waren die letzten Worte, die Gordon Wilson von seiner Tochter hörte. Als sie vier Stunden später endlich befreit waren, starb sie in einem Krankenhaus an ihren schweren Gehirn- und Rückenverletzungen.

Später an dem Abend bat ein Reporter der BBC, mit Gordon sprechen zu dürfen. Nachdem Gordon den Vorgang des Tages geschildert hatte, fragte ihn der Reporter: „Und was empfinden Sie, wenn Sie an die Bombenleger denken?"

Gordons Antwort war verblüffend. „Ich hasse sie nicht",
erklärte er. „Ich hege keinen Groll gegen sie. Verbittertes
Gerede wird Marie auch nicht wieder lebendig machen. Ich
werde von heute an jeden Abend beten, dass Gott ihnen
vergeben möge." Manche Leute vermuten, dass die Loyalis-
ten durch diese Aussage besänftigt wurden und somit ein
blutiger Vergeltungsschlag verhindert wurde.

Gordon wurde schließlich Senator der Republik Irland.
In den Monaten nach dem Anschlag fragten ihn viele, wie
er eine Gräueltat vergeben konnte, die von solchem Hass
gezeichnet war.

„Ich war verzweifelt", sagte Gordon, „und ich hatte gerade meine Tochter verloren. Aber ich war nicht wütend. Ma-
ries letzte Worte an mich – Worte der Liebe – hatten mich
in eine Dimension der Liebe gehoben. *Gott hat mir die
Gnade geschenkt, vergeben zu können – durch die Stärke seiner
Liebe zu mir.*" Nach dem tragischen Vorfall, der seine Tochter in den Tod riss und auch ihn fast das Leben gekostet
hätte, setzte sich Gordon Wilson den Rest seines Lebens
für Frieden und Versöhnung in Nordirland ein.

Gordon Wilson hat Gottes Gnade erfahren. Er hat Gottes
alles durchdringende Liebe und Vergebung erlebt. Wenn
unser Leben von dieser Gnade berührt wird, fühlen wir
uns tief im Innern angenommen und befreit, und dann
sind wir auch imstande, anderen zu vergeben. Diese Vergebung kann Frieden bringen, wo Streit herrscht, und den
Verzweifelten schenkt sie Heilung. Diese Gnade kann uns
und unsere Mitmenschen radikal verändern, selbst diejenigen, die uns verletzt haben.

Seid nun Nachahmer Gottes als geliebte Kinder! Und wandelt in Liebe, wie auch der Christus uns geliebt und sich selbst für uns hingegeben hat als Opfergabe und Schlachtopfer, Gott zu einem duftenden Wohlgeruch!

Epheser 5,1-2

*Zu entschuldigen, wofür es tatsächlich
eine gute Entschuldigung gibt,
ist keine christliche Nächstenliebe;
das ist nur Fairness. Christ sein heißt,
das Unverzeihliche zu verzeihen,
weil Gott das Unverzeihliche in einem selbst
verziehen hat.*

C. S. Lewis

Ich ließ einfach los

Karen o'Connor

Meine Gedanken kreisten um sie. Meine Träume handelten von ihr. Ich sah sie in jeder Frau, die mir über den Weg lief. Einige davon hatten sogar denselben Namen: Cathy. Andere hatten ihre tief liegenden blauen Augen oder ihre dunklen lockigen Haare. Selbst die kleinste Ähnlichkeit bewirkte, dass sich mein Magen völlig verkrampfte.

Wochen, Monate, Jahre vergingen. Sollte ich nie von dieser Frau frei sein, mit der mein Mann Jack mich betrogen und die ihn nach unserer Scheidung geheiratet hatte? Meine Verbitterung, meine Minderwertigkeitsgefühle und mein Zorn nagten an mir und ich schleppte mich ohne Freude durchs Leben. Ich versuchte alles, um frei zu werden: Ich machte eine Therapie, besuchte Selbsthilfekurse und meldete mich bei Seminaren und Workshops an. Ich las Bücher. Ich sprach mit jedem darüber, der zuhörte.

Sooft ich konnte, ging ich joggen, machte Spaziergänge am Strand und fuhr mit dem Auto ziellos umher. Nachts weinte ich in mein Kissen und versuchte zu beten. Ich tat alles, was mir einfiel – außer zu kapitulieren.

Bevor sie in meiner Welt aufgetaucht war, hatte ich ein Leben geführt, wie es sich wohl die meisten Frauen wünschen: Ich hatte einen erfolgreichen Ehemann und gesunde Kinder, konnte dreimal in der Woche mit meinen Freundinnen morgens Tennis spielen, ging sonntags in die Kirche, fuhr im Sommer in den Urlaub, besaß ein wunderbares Haus und ein schönes Auto. Was hätte ich mir noch wünschen sollen?

Doch nun war plötzlich alles anders und mein Leben würde nie wieder dasselbe sein. Ich hasste den Mann, den ich mehr als 20 Jahre lang geliebt hatte – meinen Ehemann, den Vater meiner Kinder. Ich hasste die andere Frau. Und allmählich hasste ich auch mich selbst. *Wie kann aus solchem Schmerz, aus solcher Trauer je etwas Gutes entstehen?* Das fragte ich mich immer wieder. Wie sollte es weitergehen?

Die Antwort kam nicht sofort. Doch an einem Samstag bot eine Kirche in meiner Nachbarschaft ein Tagesseminar über die Kraft der Vergebung an und irgendwie fühlte ich mich dorthin gezogen. Nach der Einführung, einigen Diskussionen und einem Austausch unter den Teilnehmern lud der Leiter uns ein, unsere Augen zu schließen und an jemanden zu denken, dem wir aus irgendeinem Grund nicht vergeben konnten. Cathys Name rückte groß in mein inneres Blickfeld.

Als Nächstes fragte er uns, ob wir bereit wären, dieser Person zu vergeben, und da versteifte sich alles in mir. *Wie kann ich so jemandem vergeben?* Cathy hatte nicht nur mich bis ins Mark verletzt, sondern auch meine Kinder. Das war einfach unverzeihlich.

Dann hörte ich Gottes sanfte Stimme in meinem Innern: *Bist du bereit loszulassen? Das Vergangene zu begraben?*

Ich war mir sicher, dass jeder um mich herum mein Herz klopfen hören konnte. Ja, ich war bereit. Ich konnte nicht länger an diesem Groll festhalten, der mich innerlich auffraß. Und da, in diesem Moment, geschah etwas Unglaubliches: Ich ließ einfach los.

Zum ersten Mal, seit mich mein Mann verlassen hatte, gab ich die Kontrolle auf und überließ sie Gott. Ich öffnete die Faust, in der ich Cathy, Jack und mich selbst gehalten hatte, und streckte Gott meine Hand hin. Ich übergab ihm meine Wut und meine Bitterkeit.

Wie selbstgerecht ich gewesen war! Wie schnell ich mir ein Urteil erlaubt hatte! Wie wichtig es mir gewesen war, um jeden Preis recht zu haben! Und dieses Recht-haben-Wollen hatte mich tatsächlich eine Menge gekostet: meine Gesundheit, meine Lebensfreude und meine Nähe zu Gott.

An diesem Abend ging ich zu Bett und schlief die ganze Nacht durch. Keine Alpträume. Kein Gesicht, das mich verfolgte. Keine bösen Erinnerungen.

Wenn es nur an mir gelegen hätte, weiß ich nicht, ob ich den Mut und die Großherzigkeit gehabt hätte, diesen Schritt zu wagen. Doch glücklicherweise kam es nicht auf mich an, sondern die Kraft des Heiligen Geistes hat in mir gewirkt.

Am Montag darauf betrat ich mein Büro und schrieb Cathy einen Brief. Die Worte flossen mühelos aufs Papier.

„Liebe Cathy", begann ich und berichtete dann, was ich in dem Seminar erlebt hatte. Ich erzählte ihr auch, wie sehr ich sie gehasst hatte und dass ich auf diese Weise der heilenden Kraft der Vergebung im Weg gestanden hatte. Ich bat sie um Verzeihung für meine hasserfüllten Gedanken und bot ihr meine Vergebung an. Ohne noch einmal zu zögern, unterschrieb ich den Brief, steckte ihn in einen Umschlag und warf ihn in den Briefkasten.

Am Mittwochnachmittag klingelte das Telefon.

„Karen?"

Es gab keinen Zweifel, zu wem diese Stimme gehörte.

„Hier ist Cathy", sagte sie leise.

Ich war überrascht, dass sich mein Magen gar nicht verkrampfte. Meine Hände blieben trocken, meine Stimme war kräftig und sicher. Ich hörte mehr zu, als ich redete, was ungewöhnlich für mich ist. Und ich stellte sogar verblüfft fest, dass ich echtes Interesse an dem hatte, was Cathy mir erzählte.

Sie bedankte sich für den Brief und sagte, sie bewundere mich, weil ich den Mut gehabt hatte, ihn zu schreiben. Dann erklärte sie, wie sehr ihr das alles leidtat. Sie sprach über ihre Reuegefühle und dass sie immer mit Trauer an mich und meine Kinder denke. An diesem Tag sagte sie mir alles, was ich schon immer hatte hören wollen.

Als ich den Hörer auflegte, wurde mir jedoch noch etwas klar: Ich erkannte, dass mir Cathys Entschuldigung zwar gutgetan hatte, dass Gott mich aber darüber hinaus noch viel mehr lehren wollte. Unter meiner traumatischen Scheidung lag eine Wahrheit begraben, nach der ich mein ganzes Leben lang gesucht hatte, ohne es überhaupt zu wissen: *Gott* ist meine Quelle, meine Stärke, mein Versorger. Nur er kann echte Heilung bringen. Nur er kann meiner Seele und meiner Welt Frieden geben.

Vergeltet nicht Böses mit Bösem oder Scheltwort mit Scheltwort, sondern im Gegenteil segnet, weil ihr dazu berufen worden seid, dass ihr Segen erbt!

1. Petrus 3,9

Ein hartes Herz wird vom Gesetz zerbrochen, vom Evangelium dagegen geschmolzen. Ein zerbrochener Stein kann immer noch ein harter Stein sein; doch das Evangelium macht weich.

Ralph Erskine

Der verlorene Sohn

Don Hall mit Nanette Thorsen-Snipes

Mit 17 fand ich mich in einer Gefängniszelle wieder und fragte mich, wie ich es geschafft hatte, mein Leben derart in den Sand zu setzen. Damals war mir das nicht bewusst, aber heute kommt es mir vor, als sei ich der verlorene Sohn aus der Bibel gewesen. Wie hatte es so weit kommen können? Wo hatte ich einen falschen Weg eingeschlagen?

Ich erinnerte mich an einen Tag vor mehreren Jahren. Es regnete und meine Mutter, mein Stiefvater Jim und meine jüngeren Geschwister waren einkaufen. Da klingelte das Telefon, und ich ging dran.

Erst fragte der Mann am anderen Ende der Leitung, ob meine Mutter zu Hause sei. Als ich verneinte, meinte er: „Sag ihr, dass Benny sich erhängt hat." Ich fühlte mich, als hätte mir jemand in den Bauch getreten. Benny war mein Vater.

„Ist er tot?", fragte ich, hielt den Atem an und hoffte das Gegenteil. Weinen konnte ich nicht, doch ich spürte eine schmerzhafte Leere in meinem Innern, weil ich meinen Vater nicht wirklich gekannt hatte. Nachdem ich die Antwort gehört hatte – „Ja" –, setzte ich mich hin und versuchte, diese Nachricht zu verarbeiten.

Eine Flut von Erinnerungen überrollte mich. Sie ähnelten den Sendungen im Fernsehen, in denen wahre Geschichten gezeigt werden, die man kaum glauben kann.

Als ich noch ein kleiner Junge gewesen war, war mein Vater einmal so wütend auf meine Mutter, dass er sie mit einer Pistole bedrohte. Sie konnte ihn schließlich dazu überreden, die Waffe wegzulegen, und nachdem er zur

Arbeit gegangen war, packte sie unsere Sachen und zog mit uns aus. Mein Bruder war sieben und ich erst vier, aber ich kann mich noch genau an das Motelzimmer erinnern, in dem wir uns eine Woche lang versteckten. Ich hatte an dem Tag mein Cowboy-Kostüm an und meine Mutter weinte.

Vielleicht war dieser Vorfall einer der Gründe, warum ich jahrelang mit heftigem Zorn zu kämpfen hatte. Ich war wütend auf meinen Vater, weil er meine Mutter so behandelt hatte, und später war ich wütend, weil er starb, bevor ich ihn kennenlernen konnte.

Mit der Zeit wurde mein Zorn immer schlimmer. Manchmal versuchte ich, ihn im Alkohol zu ertränken, doch es gelang mir nicht. Ich bereitete meiner Mutter und meinem Stiefvater großen Kummer, als ich zum Beispiel vor Wut die Beherrschung verlor, mit der Faust ein Loch in die Wohnzimmerwand schlug und die Badezimmertür eintrat. Mehrmals wurde ich wegen Trunkenheit am Steuer verhaftet.

Eines Tages ärgerte ich mich darüber, dass das Fahrrad mit 10-Gang-Schaltung, das ich mir mit meinem hart erarbeiteten Geld gekauft hatte, nicht mehr richtig funktionierte. Ich packte es, hob es hoch und fluchte laut. Dann warf ich es auf den Boden, immer wieder, bis nur noch ein verbogener Klumpen Metall übrig blieb.

Da meine Mutter und Jim mit meinem Jähzorn nicht klarkamen und sich große Sorgen um mich machten, brachten sie mich zu einem Seelsorger. Aber ich hatte „diesem Seelenklempner" nichts zu sagen. Ich saß einfach da und wartete, bis er mit Reden fertig war. Nach der dritten Sitzung gab er auf und sagte meiner Mutter, dass er mir nicht helfen könne. Mir war das ganz recht.

Ich trank immer mehr und hatte mit Depressionen zu kämpfen, sodass ich manchmal tagelang im Bett blieb. Außerdem fing ich an, in schlechter Gesellschaft zu verkehren, und machte mir einige gefährliche Feinde.

Eines Tages, als ich gerade die Schnellstraße entlangfuhr, wurde mein Auto von einer Kugel getroffen. Ich vermutete, dass einige Jugendliche von einer anderen Schule auf mich geschossen hatten. Als ich dann noch entdeckte, dass jemand die Kellertür eingetreten hatte, die zu meinem Zimmer führte, bekam ich es mit der Angst zu tun. Das war wahrscheinlich der Grund, warum ich die Pistole aus dem Schrank meiner Eltern nahm. Ich ließ sie ungeladen, aber ich fühlte mich sicherer, wenn ich sie bei mir hatte.

Eines Abends fuhr ich zu dem Hotel, in dem mein Bruder arbeitete. Ich parkte das Auto und ging zur Bar, wo ich von einem großen, kräftigen Kerl angesprochen wurde: „Junger Mann, könnte ich bitte Ihren Ausweis sehen?" Da ich keinen dabeihatte, versuchte ich, mich an ihm vorbeizuschieben. Er wurde ärgerlich und schubste mich. Ich schubste zurück. Bevor ich mich versah, hatte er mich niedergeschlagen, doch ich sprang sofort wieder auf, zog meine Pistole und hielt sie ihm direkt vors Gesicht.

Eine Sekunde später schrie jemand: „Hände hoch!" Verblüfft drehte ich mich nach links und sah drei Polizisten, deren Pistolen auf mich gerichtet waren. Rechts von mir schaute ich in den Pistolenlauf eines weiteren Polizisten. Es schien, als würde sich alles um mich herum im Zeitlupentempo bewegen. Dann drängte mich eine innere Stimme, die nur Gottes Stimme sein konnte, dass ich der Aufforderung der Polizisten folgen und mich an die Wand stellen solle. Ich gehorchte. Man legte mir Handschellen an und sperrte mich ein.

So kam es, dass ich zum vierten oder fünften Mal im Gefängnis saß. Um mich herum stank es nach Männerschweiß und Urin. Aber ich machte mir keine Sorgen. Jedes Mal, wenn ich wegen Trunkenheit am Steuer verhaftet worden war, hatten meine Eltern mich rausgehauen. Deshalb war der Schock umso größer, als meine Mutter sich dieses Mal weigerte, mir zu helfen.

Ich wusste es damals nicht, aber meine Eltern hatten für mich gebetet und sich dazu durchgerungen, mich Gott zu überlassen.

Nach einer Weile wurde mir klar, dass ich jetzt wirklich in der Klemme saß, und so sprach ich ein einfaches Gebet: „Gott, bitte hilf mir. Ich möchte ein anständiges Leben führen."

Einige Tage später hinterlegte ein Freund von mir zusammen mit seinem Vater eine Kaution für mich. Verärgert ging ich nach Hause und packte meine Sachen, ohne auch nur ein Wort mit meinen Eltern zu wechseln. Dann zog ich bei meinem Freund ein.

Nach einigen Monaten nahmen die Dinge eine positive Wende, als ich eine hübsche junge Frau kennenlernte. Wir heirateten, und inzwischen haben wir zwei wunderbare Kinder. Mehrere Monate nach unserer Hochzeit übergaben wir beide Gott unser Leben. Der verlorene Sohn war heimgekehrt.

Durch die Gnade Gottes habe ich heute ein neues Leben, aber ich denke oft mit großem Bedauern daran, wie viel Schmerz ich meinen Eltern zugefügt habe. Als meine Frau mit den Kindern kürzlich bei meiner Mutter war, fuhren Jim und ich einkaufen. Während wir nebeneinander im Auto saßen und im Hintergrund leise Musik spielte, sagte ich: „Jim, kannst du mir je vergeben, dass ich euch so viel Kummer gemacht habe?"

Der Mann, der für mich ein Vater gewesen ist, schaute mich an und lächelte. „Ich habe dir schon vergeben, Donnie", antwortete er und legte seinen Arm um meine Schulter. Da musste ich wieder an das Gleichnis vom verlorenen Sohn denken und daran, dass unser Vater im Himmel uns stets willkommen heißt.

Der Vater sah ihn schon von weitem kommen und er hatte Mitleid mit ihm. Er lief dem Sohn entgegen, fiel ihm um den Hals und küsste ihn.

Lukas 15,20 (EÜ)

Gott ist denen am nächsten,
die zerbrochenen Herzens sind.

Jüdisches Sprichwort

Die Begegnung im Krankenhaus

Betty Winslow

Als unsere Tochter Lisa als Offiziersanwärterin auf die Marineakademie ging, reihten wir uns in die Riege der Militärangehörigen ein, die immer wieder fieberhaft den Briefkasten öffnen und von einem Urlaub zum nächsten leben. Dann meldete sich Lisa in den letzten Tagen des Zweiten Golfkriegs auch noch freiwillig zu einem Einsatz auf See. Sie war total begeistert, während wir die ganze Zeit um ihre Bewahrung beteten und inständig hofften, dass kein uniformierter Fremder an unsere Tür klopfen und uns die Nachricht überbringen würde, die niemand hören will.

Gott sei Dank kam Lisa wohlbehalten wieder nach Hause. Uns fiel ein Stein vom Herzen.

Doch dann, an einem kalten Sonntag im Dezember, fuhr ein Auto in unsere Einfahrt und zwei Marineoffiziere mit ernsten Gesichtern stiegen aus. Lisa sei mit drei Kameraden von einem Footballspiel zurück zur Akademie gefahren und es habe einen schlimmen Autounfall gegeben. Drei Menschen seien tot. Lisa gehöre zu den Opfern.

Nachdem wir tagelang darauf gewartet hatten, Einzelheiten über den Unfall zu erfahren, stellte sich endlich heraus, dass den Fahrer keine Schuld traf. Ein verrotteter Baum war umgestürzt und hatte das Auto unter sich begraben. Sie war noch am Unfallort gestorben. Lisas Gruppenführer Brian – ein Studienkamerad und guter Freund – hatte am Steuer gesessen und war schwer verletzt. Mehrere Tage lang schwebte er in Lebensgefahr und verlor immer wieder das Bewusstsein. An den Unfall konnte er sich überhaupt nicht mehr erinnern. Er wusste nicht, dass die

Mädchen, für die er verantwortlich gewesen war, tot waren.

Mein Herz blutete, wenn ich an die Qualen dachte, die diesem jungen Mann bevorstanden, falls er überleben würde. Drei seiner Freunde waren in seinem Auto umgekommen. Wie würde er reagieren, wenn man ihm diese Nachricht überbrachte? Würde er aufgeben und nicht mehr leben wollen, obwohl es gar nicht seine Schuld gewesen war? Würde er überhaupt glauben können, dass ihn keine Schuld traf? Er konnte sich ja an nichts erinnern.

Ich wäre am liebsten zu ihm gegangen, hätte ihn umarmt und ihm gesagt, er müsse unbedingt weiterleben und irgendwie würden wir alle mit diesem tragischen Ereignis fertig werden. Tief in meinem Innern spürte ich, dass ich das wirklich tun sollte, ja, dass Gott es von mir wollte. Aber wie? Brian war in Maryland, ich in Ohio. Es würde ein Vermögen kosten, mit der ganzen Familie nach Maryland zu fliegen, und ich konnte meine anderen Kinder in ihrem Schmerz doch nicht allein lassen. Trotzdem war ich mir sicher: Gott wollte, dass ich mit Brian redete. Er würde es ermöglichen.

Ohne uns davon zu erzählen hatten einige Freunde beschlossen, dass wir als ganze Familie nach Maryland reisen sollten. Innerhalb kürzester Zeit hatten sie genügend Geld gesammelt, um unsere Flugtickets zu bezahlen, während die Marine für eine Unterkunft und einen Mietwagen gesorgt hatte. Als wir von der ganzen Sache erfuhren, mussten wir nur noch packen und losgehen.

Vor der Tür von Brians Krankenzimmer zögerte ich. Plötzlich war ich mir nicht mehr so sicher. Würde er uns wirklich sehen wollen? Ich wandte mich an den Offizier an meiner Seite: „Brian kann es sich immer noch anders überlegen, wenn er möchte."

„Ja, Mrs Winslow, das weiß er. Aber er hat gesagt, dass er Sie auf jeden Fall sehen möchte."

Als wir ins Zimmer kamen, lag Brian auf dem Rücken, regungslos und blass. Er trug eine Halskrause, die seinen angebrochenen Halswirbel ruhigstellen sollte. Der Schmerz und die Verzweiflung in seinem Gesicht schnitten mir ins Herz. Still dankte ich Gott, dass er uns hierher gebracht hatte, damit ich diesem jungen Mann sagen konnte, was ich seit dem schrecklichen Ereignis auf dem Herzen hatte: „Lebe!"

Langsam wandte sich Brians Blick uns zu. Nachdem wir uns alle ein paar Minuten unterhalten hatten, verließen mein Sohn und mein Mann das Zimmer, und die Offiziere gingen nach draußen, um sich zu erkundigen, wie lange Brian noch im Krankenhaus bleiben müsse. Endlich waren Brian und ich allein.

Tränen stiegen ihm in die Augen. Dann brach ein qualvoller Schrei aus ihm heraus: „Es tut mir so leid!" Ich ging zu seinem Bett und legte meine Arme um ihn. Seine Schultern bebten vor Schluchzen und ich konnte selbst kaum die Fassung wahren. Doch ich musste jetzt stark sein. Zum Weinen würde ich später noch genug Zeit haben.

Er fing an zu erzählen und berichtete mir alles, was er über den Unfall erfahren hatte. Die Frage nach dem Warum und die Selbstvorwürfe brachten ihn beinahe um den Verstand, umso mehr, da er sich an den betreffenden Tag überhaupt nicht erinnern konnte.

Ich tröstete ihn: „Selbst wenn du früher losgefahren wärst, wäre dieser Baum umgestürzt. Es war nicht deine Schuld. Wir machen dich dafür nicht verantwortlich und Lisa würde das auch nicht tun."

Während wir miteinander redeten, nahm ich seine Hand, und er klammerte sich daran wie an eine Rettungsleine. Er schüttete mir sein Herz aus und weinte immer wieder. Ich hörte einfach zu und fühlte mit ihm. Als er schließlich ruhig wurde, stand ich auf, legte meine Arme erneut um ihn und betete für ihn. Ich betete für Heilung, für Trost in seiner Trauer, für seine Zukunft in der Marine und für seine Beziehung zu Gott. Die Worte sprudelten aus mir heraus, als ob Gott eine Verbindung zwischen ihm und Brian geschaffen hätte und mich als Bindeglied benutzte.

Nach meinem Gebet hatten wir noch ein paar Minuten Zeit, um uns ein wenig zu fangen, bevor Brians Familie ins Zimmer kam. Sie sagten mir, wie leid ihnen tue, was passiert sei, und ich erzählte ihnen, was ich zu Brian gesagt hatte. Ich wusste, dass es wichtig war, ihnen gegenüber alles zu wiederholen. Zu Hause würde Brian Menschen brauchen, die ihn an das erinnerten, was ich gesagt hatte.

Als wir aufbrachen, saß Brian bereits aufrecht im Bett. Er fragte nach seinen Sachen und bat um etwas zu essen, das nicht nach Krankenhaus schmeckte. Plötzlich war er wie ausgewechselt: Er hatte mehr Farbe im Gesicht und in seinen Augen spiegelte sich nicht mehr diese entsetzliche Qual.

Was hatte diese Veränderung bewirkt? Die Umarmung? Das Gebet? Was immer es gewesen war, ich hatte geschafft, wozu ich gekommen war. Brian würde leben – wirklich leben. Jetzt konnte bei uns beiden der Heilungsprozess beginnen.

Gepriesen sei der Gott und Vater Jesu Christi, unseres Herrn, der Vater des Erbarmens und der Gott allen Trostes. Er tröstet uns in all unserer Not, damit auch wir die Kraft haben, alle zu trösten, die in Not sind, durch den Trost, mit dem auch wir von Gott getröstet werden.

2. Korinther 1,3-4 (EÜ)

Hab keine Angst, dich aus dem Fenster zu lehnen;
nur so kannst du die Frucht pflücken,
die dort am Baum hängt.

H. Jackson Brown

Das Geburtstagsgeschenk

Judith Scharfenberg

Als ich Jesus begegnete, wollte ich allen Leuten erzählen, dass ihre Sünden vergeben werden können und dass sich ihr Leben grundlegend verändern kann. Natürlich wollte ich bei meinen eigenen Familienangehörigen anfangen, nicht nur, weil ich sie liebte, sondern weil sie Gott brauchten und ich von ihren Nöten tief berührt war. Mein Bruder kämpfte mit Depressionen und mein Vater war Alkoholiker.

Obwohl ich so um sie besorgt war, richteten meine Bemühungen nicht viel aus. Von meiner Mutter erntete ich nur Gleichgültigkeit – „Das ist schön, Schatz" –, von meinem Bruder Zorn und von meinem Vater spöttische Skepsis. Ich kam mir wie eine Versagerin vor.

Mein Vater hatte eine philosophische Ader und kannte sich auf vielen Gebieten aus. Ich bewunderte und respektierte ihn und hatte immer seinen Rat gesucht. Doch nun hatte ich die Antwort auf die wichtigsten Fragen meines Lebens gefunden, eine Antwort, die von dem Mann, dessen Meinung ich immer am meisten geschätzt hatte, verhöhnt wurde. Wie konnte ich ihn davon überzeugen, dass mein Glaube die Wahrheit war und dass ich ihn trotzdem noch respektierte?

Jedes Mal, wenn wir zusammen waren, brachte er meinen Glauben zur Sprache, wobei seine Stimme vor Sarkasmus nur so triefte: „Und? Wie viel verdient dein Pastor wohl? Ist er so wie alle anderen? Einer dieser Geldeintreiber?"

Ich wusste nie, was ich sagen sollte. Nervös stammelte ich irgendetwas und kam mir wie eine Idiotin vor. Einmal gelang es mir tatsächlich, einen Punkt aus der Bibel vernünftig zu erläutern, doch er schob ihn einfach beiseite: „Judy, diese Geschichten sind ja ganz nett, aber an der Bibel ist nichts Wahres dran." Als ich ihm sagte, dass Jesus gestorben und auferstanden ist, erwiderte er: „Man kann nicht von den Toten auferstehen. So etwas gibt es einfach nicht."

Nach einigen Jahren wurde mein Vater schwer krank, und ich befürchtete, dass die Uhr seines Lebens auf fünf vor zwölf stand. Er hatte seine Gesundheit durch Tabak und Alkohol ruiniert, und wir wussten beide, dass er wohl kein hohes Alter erreichen würde. Glücklicherweise erholte er sich jedoch wieder, zwar dünner und gebrechlicher, aber immer noch genauso starrköpfig wie vorher.

Kurz darauf hatte er Geburtstag, und auf der Suche nach einem Geburtstagsgeschenk wurde mir bewusst, wie bedeutungslos das Hemd und die Krawatte wären, die ich ihm für gewöhnlich schenkte. Diesmal sollte das Geschenk etwas aussagen und Bestand haben. Sein Aufenthalt im Krankenhaus hatte mir klargemacht, wie ungewiss alles ist. Dies konnte sein letzter Geburtstag sein.

Aus einem spontanen Impuls heraus kaufte ich ihm eine Bibel mit rotem Ledereinband und ließ seinen Namen vorne eingravieren. Die Bibel sah wirklich toll aus, doch auf dem Heimweg überfielen mich ernsthafte Zweifel. War das ein dummer Einfall gewesen? Wahrscheinlich würde er mein Geschenk sofort wegwerfen.

Als ich mich auf den Weg zu meinem Vater machte, war mir sehr unbehaglich zumute. Was um alles in der Welt war nur in mich gefahren, ihm eine Bibel zu kaufen? Ich wusste doch schon, wie er reagieren würde: mit einer weiteren Portion Sarkasmus. Leise betete ich: „Hilf mir, Herr! Schenk mir den Mut, Papa diese Bibel zu geben. Verändere sein Herz, damit er dich kennenlernt, wie ich dich kenne." Und da begriff ich plötzlich, dass es nicht in meiner Hand lag, wie mein Vater reagieren würde.

Nach dem Abendessen kam die Zeit für Kuchen und Geschenke. Ich sagte: „Papa, was willst du mit dem Rest deines Lebens anfangen, jetzt, wo du in Rente gehst?"

Seine Augen leuchteten auf und er witzelte: „Weißt du was, Judy? Ich glaube, ich werde Prediger!"

Daraufhin überreichte ich ihm sein Geschenk und erklärte: „Na also! Wenn du Prediger werden willst, dann brauchst du auch eine Bibel."

Das Grinsen wich von seinem Gesicht, als er das Geschenk auspackte. Er öffnete die Schachtel und nahm die Bibel behutsam aus dem Seidenpapier. Sein Blick fiel auf seinen Namen, der auf der Bibel eingraviert war, und die Zeit schien stillzustehen.

Danach machte sich mein Vater nie wieder über mich lustig. Ich glaube sogar, dass ihm die Bibel wertvoll wurde. Zwar weiß ich nicht genau, warum, aber wann immer ich nun bei ihm zu Besuch war, lag die Bibel neben seinem Lieblingssessel. Und waren die Falten am Lederrücken nicht ein Zeichen dafür, dass sie benutzt wurde?

Einige Monate später verließ mein Vater die Vereinigten Staaten. Er wollte sich zusammen mit meiner Stiefmutter auf den Philippinen niederlassen, wo ihre Familie lebte. Wir hatten eine große Verabschiedung am Flughafen und nach Abschiedsworten, Umarmungen und Küssen waren sie weg. Ich blickte meinem Vater nach, als er durch die Sicherheitsschleuse ging. Da fiel mir plötzlich ein bekannter Gegenstand in seiner Hand auf: die prächtige rote Lederbibel.

Im Dezember war er wieder in einem kritischen Gesundheitszustand. Meine Stiefmutter rief mich an, um mir zu sagen, wie krank er sei. So viele tausend Kilometer entfernt kam ich mir vollkommen hilflos vor, aber ich betete für ein Wunder.

Der nächste Anruf kam nur vier Tage später. Noras schwache Stimme sagte: „Er ist nicht mehr bei uns, Judy."

Drei Tage danach erhielt ich einen Brief, den mein Vater kurz vor seinem Tod geschrieben hatte. Darin sagte er, er fühle sich schwächer als je zuvor. Er schrieb: „Judy, ich kann nichts mehr tun als schlafen und essen und meine Bibel lesen. Sie leistet mir gute Gesellschaft."

Ich habe nie erfahren, ob mein Vater Jesus Christus sein Leben anvertraut hat. Gott allein kennt sein Herz. Nur er weiß, was in jenen letzten Tagen geschehen ist. Doch ich bin voller Hoffnung, weil mein Vater in Gottes Buch gelesen hat und weil Gott verheißen hat, dass sein Wort nicht leer zurückkommen wird.

Durch Gottes Gnade wurden meine Sünden vergeben, und diese Gnade hat mich dazu gebracht, meiner Familie von Gottes Liebe zu erzählen. Und obwohl dieses Vorhaben eine Nummer zu groß für mich war, hat Gott sein Werk durch mich getan. Gott half einer stammelnden, ängstlichen Christin, das Evangelium an einen höhnenden Skeptiker weiterzugeben. Diese Gnade ist es, die mich hoffen lässt, dass ich meinen Vater im Himmel wiedersehen werde.

Wie sich ein Vater über Kinder erbarmt, so erbarmt sich der Herr über die, die ihn fürchten. Denn er kennt unser Gebilde, er gedenkt, dass wir Staub sind.

Psalm 103,13-14

Vergebung ändert nicht, was gewesen ist, aber sie erweitert das, was kommt.

Paul Boese

Eine Portion Gnade

Darlene Schacht

An einem regnerischen Herbsttag in meiner Kindheit begegnete mir die Gnade.

Als mein Vater in die Küche kam, hatte er ein gelbes Portemonnaie in der Hand, das ich gut kannte. Es war nass und verschmutzt, und es fehlten die 20 Dollar daraus, die vor wenigen Tagen hineingesteckt worden waren.

„Ich hab's draußen gefunden, genau neben dem Mülleimer", sagte er und reichte das Portemonnaie meiner Mutter.

Wir wussten alle, was das bedeutete: Die Person, die es genommen hatte, hatte nur das Geld haben wollen. Und sie kam aus unserer Nachbarschaft. Jeder von uns hatte sofort dasselbe Gesicht vor seinem geistigen Auge: das Gesicht meiner Freundin Cindy, dem Mädchen von gegenüber. Cindy war ein Wildfang, wie er im Buche steht. Sie half meinem Vater gern bei der Gartenarbeit: Zäune ausbessern, Rasen mähen und Wespennester entfernen. Ich glaube, mein Vater genoss ihre Gesellschaft, weil er nie einen Sohn gehabt hatte. Und Cindy war sicherlich genauso gern mit ihm zusammen, da sie nie die Liebe und Wertschätzung eines Vaters kennengelernt hatte.

Die Beziehung zu ihrem eigenen Vater hatte eine lange Narbe hinterlassen, die sich gut sichtbar über ihre Wange zog – ein ständiges Andenken an den Tag, an dem er ein Glas nach ihr geworfen und sie am liebsten für immer aus seinem Leben gestrichen hätte.

Meine Mutter brach die Stille. „Mein Portemonnaie lag in der Schublade, wo ich es immer aufbewahre. Außer Cindy war dieses Wochenende niemand zu Besuch", erklärte sie ernst. Dann hielt sie inne, sichtlich unschlüssig, was nun zu tun sei.

Wir wollten Cindy zur Rede stellen, aber sie schaffte es, uns den ganzen Tag aus dem Weg zu gehen. Am Abend rief Mama bei ihr zu Hause an, und ihre Mutter fragte, ob sie irgendetwas für uns tun könne. Als Mama ihr unseren Verdacht mitteilte, meinte Cindys Mutter, dass sie einen 20-Dollar-Schein bei Cindy gesehen hätte. Sie habe aber behauptet, das Geld sei für irgendein Projekt für die Schule gesammelt worden. Dann fügte unsere Nachbarin noch hinzu, dass Cindy gleich herüberkommen, sich entschuldigen und das Geld zurückgeben würde.

Fünf Minuten später stand Cindy in unserer Küche. Sie streckte uns die 20 Dollar entgegen und vermied es, meiner Mutter in die Augen zu sehen.

Erwartungsvoll blickte ich Mama an. Ich war innerlich hin- und hergerissen. Einerseits hätte ich die Sache am liebsten unter den Tisch fallen lassen, aber andererseits gönnte ich Cindy auch eine ordentliche Standpauke. Ich war empört, und das zu Recht. Immerhin hatte sie meine Freundschaft ausgenutzt und meine Familie bestohlen. Dafür musste sie bestraft werden. Jetzt würde Cindy die Suppe auslöffeln müssen, die sie sich eingebrockt hatte.

Aber stattdessen bekam sie eine Portion Gnade.

Anstatt sie zu ermahnen oder ihr Vorwürfe zu machen, entschied sich meine Mutter, ihr zu vergeben. Ich stand da und sah zu, wie Mama ihre Arme um meine Freundin legte und ihr sagte, dass wir sie lieb hätten und sie unserer Familie sehr viel bedeute.

„Ich verzeihe dir", erklärte Mama und drückte sie dabei so fest, als sei Cindy ihr eigenes Kind. Tränen liefen über die vernarbte Wange des Mädchens, und ich glaube, dass ich in diesem Moment eine Ahnung davon bekam, wie ihre inneren Narben zu heilen begannen.

Meine Mutter hatte mir von klein auf das Prinzip der Gnade beigebracht. Sie hatte mir von Gottes großer Liebe und seiner grenzenlosen Vergebung erzählt und jetzt sah ich diese Dinge live vor mir. Und obwohl mich dieses Erlebnis tief berührt hat, weiß ich, dass es Cindy noch viel tiefer getroffen hat – mitten ins Herz, wo Gottes heilende Gegenwart einzog.

Ertragt einander! Seid nicht nachtragend, wenn euch jemand Unrecht getan hat, sondern vergebt einander, so wie der Herr euch vergeben hat.

Kolosser 3,13 (GN)

Gnade bindet einen mit einem viel stärkeren Band,
als Verpflichtungen oder Schuldgefühle es je könnten.
Gnade kostet nichts,
aber wenn man sie erst einmal angenommen hat,
ist man für immer an den Geber gebunden.
Gnade ruft bei anderen Gnade hervor, und wer gibt,
veranlasst andere dazu, ebenfalls zu geben.

E. Stanley Jones

Gnade und Güte

David Jeremiah

Christiana Tsai wurde während der Mandschu-Dynastie als eines von 20 Geschwistern in eine chinesische Herrscherfamilie hineingeboren. Sie genoss Privilegien – sie erhielt eine gute Schulbildung und hatte eigene Diener –, aber sie führte ein isoliertes Leben und kam nur selten aus den Mauern des Familienpalastes hinaus. Obwohl Christianas Vater Buddhist war, wollte er, dass sie auf eine christliche Schule ging, die von amerikanischen Missionaren geleitet wurde. „Aber schluck ja nicht das Christentum!", sagte er, womit er meinte, dass seine Kinder sich nicht zu einer fremden Religion bekehren sollten.

Im Internat hörte Christiana dann jedoch das Evangelium und fühlte sich unwiderstehlich zu Jesus Christus hingezogen. Ihre Bekehrung schockierte ihre Familie, und sofort wurde ein Diener losgeschickt, der sie nach Hause bringen sollte. Als Christiana und der Diener in einem Boot über einen Kanal fuhren, gab er ihr einen Strick und ein Messer. „Du hast Schande über deine Familie gebracht, indem du das Christentum angenommen hast", erklärte er und fügte hinzu, dass sie entweder ihrem Glauben abschwören müsse oder die Wahl habe, sich „mit diesem Strick zu erhängen, mit diesem Messer zu erstechen oder in diesem Kanal zu ertränken".

Christiana war jedoch bereit, den Zorn ihrer Familie zu ertragen. Sie wurde bedroht, bestraft, verhöhnt und sogar von den Dienern mit Verachtung behandelt. „Aber", schrieb Christiana später, „ich versuchte, mich nicht zu verteidigen. Ich betete einfach um Weisheit und Gott gab mir alles Nötige."

Eines Tages sagte einer ihrer Brüder zu ihr: „Erzähl mir doch mal ein bisschen was über das Christentum und warum du übergelaufen bist." Als Christiana seiner Bitte nachkam, meinte er: „Das war ja eine erstaunliche Erfahrung. Mir ist aufgefallen, dass du in letzter Zeit viel glücklicher wirkst als früher, obwohl wir dich so schlecht behandeln. Ich ... ich würde auch gern an Jesus glauben."

Im Laufe der Zeit öffneten sich 55 ihrer Verwandten für Jesus. Dazu gehörte auch der Bruder, der kurz nach Christianas Bekehrung ihre Bibel und ihr Gesangbuch in Stücke gerissen hatte. Christiana Tsai entdeckte das Geheimnis, wie sie die Gnade weitergeben konnte, die sie selbst empfangen hatte, nämlich durch gleichbleibende Freundlichkeit. Es war ihre Güte, die ihre Familie wie ein Magnet zu Jesus hinzog.

Manchmal kann die Gnade, die wir empfangen haben, nicht zu anderen Menschen weiterfließen, weil sie in der Verbitterung hängen bleibt wie in einem Sieb. Doch wenn wir auf Jesus schauen, wenn wir uns fest entschließen, uns Gott auszuliefern und denen Gutes zu tun, die uns schlecht behandeln, dann vermehrt sich die Gnade in unseren Herzen und fließt ungehindert in die Herzen unserer Mitmenschen.

Lasst uns nun mit Freimütigkeit hinzutreten zum Thron der Gnade, damit wir Barmherzigkeit empfangen und Gnade finden zur rechtzeitigen Hilfe!

Hebräer 4,16

Durch Zorn schrumpft man.
Vergebung beinhaltet dagegen immer Wachstum;
man kann nicht so bleiben, wie man gewesen ist.

Cherie Carter-Scott

Vergeben? Wer – ich?

Suzannah Willingham

Ich wusste schon vor unserer Hochzeit, dass die Beziehung zu meiner Schwiegermutter einem Drahtseilakt ähneln würde. Das hatte ich spätestens bei unserer gemeinsamen Suche nach einem Brautkleid für mich gemerkt, als es plötzlich nur noch darum gegangen war, was *sie* an dem großen Tag tragen würde, wenn es *ihre* Hochzeit wäre. Lange nachdem ich in der kleinen Boutique die verschiedenen Modelle angeschaut und kopfschüttelnd wieder zurückgehängt hatte, musterte sie immer noch eingehend die Chiffonkleider in Größe 36 – die ihr übrigens viel zu klein gewesen wären. Ich musste meine ganze Geduld aufbieten, um sie nicht anzuschreien: „Hier geht es um mich, nicht um dich!"

Ich hatte ja keine Ahnung, dass meine Geduld schon bald noch viel stärker strapaziert werden würde.

Nach der Hochzeit dauerte es nicht lange, bis ich die vielen ungeschriebenen Gesetze entdeckte, die meine Schwiegermutter in nahezu allen Lebensbereichen aufgestellt hatte. Nur Besuche, die wir bei *ihr* machten, waren „richtige" Besuche. Dass *sie* uns in der Zwischenzeit besucht hatte, zählte nicht, wenn sie sich wieder einmal darüber beschwerte, dass wir uns schon so lange nicht mehr gesehen hätten. Als wir dann Kinder bekamen, wurde die Definition eines „Besuches" sogar noch enger: Die Kinder durften sie immer nur einzeln besuchen und mussten mindestens drei Tage bleiben, damit dieser Aufenthalt als richtiger Besuch galt. Wenn sie mir etwas Geld für die Kinder gab, musste ich genau ihren Vorschriften folgen und konnte nicht das besorgen, was sie eigentlich brauchten.

Ein Telefonat reichte nicht aus, um meine Schwiegermutter zu einem Besuch oder einer Veranstaltung einzuladen; die Einladung musste unbedingt schriftlich und per Post erfolgen.

Man kann also ohne Übertreibung behaupten, dass meine Beziehung zu meiner Schwiegermutter nicht einfach war.

Anfänglich war ich ihr gegenüber sehr unsicher und versuchte, es ihr in allem recht zu machen. Doch mit den Jahren wurde es immer mühsamer, die vielen ungeschriebenen Gesetze vorauszuahnen und richtig zu interpretieren. Sie waren so willkürlich. Gerade wenn ich dachte, ich hätte eine Regel begriffen und befolgt, stieß ich auf eine unerwartete Ausnahmeregelung. Irgendwann konnte ich nicht mehr und weigerte mich, dieses Spielchen noch länger mitzumachen. Damit hatte ich meiner Schwiegermutter jedoch praktisch offen den Krieg erklärt.

Ich hatte schon immer vermutet, dass sie mich im Grunde als ihre Feindin betrachtete. Immerhin hatte ich ihren einzigen Sohn verführt und ihn – was könnte schlimmer sein? – zum Heiraten verlockt.

Jetzt, wo ich bei ihren Spielchen nicht mehr mitmachte, stand ich erst richtig in ihrer Schusslinie. Scharfe Kritik prasselte auf mich herab, sobald ich in ihrer Nähe war. Wir landeten schließlich in einer Beziehungssackgasse, in der es kein Vor und Zurück mehr gab. Über ein Jahr lang wollte sie uns nicht mehr sehen.

Am Ende schrieb sie uns einen Brief und bat um ein Treffen auf neutralem Boden. Hätte ich den Grund für diese Verabredung gekannt, wäre ich nie im Leben hingegangen. Mehr als eine Stunde lang bombardierte sie mich mit verbalen Geschossen. Sie riss gleich auf mehreren Ebenen Wunden in mir auf, indem sie auf die Jahre unserer Kinderlosigkeit hinwies und infrage stellte, dass unsere Kinder tatsächlich von meinem Mann stammten.

Außerdem brachte sie zahlreiche Begebenheiten zur Sprache, bei denen ich sie gekränkt hatte. Die meisten davon hatte sie sich selbst zusammengesponnen, oder sie gab die Vorfälle ganz anders wieder, als ich sie in Erinnerung hatte. Das Gift ihres Hasses und ihrer Verbitterung strömte wie ein reißender Fluss aus ihr heraus, während mein Mann mit offenem Mund auf der anderen Seite des Tisches saß. Er war entsetzt, aber nicht so entsetzt wie ich.

Als ihre Beleidigungen langsam verebbten, erhoben wir uns, um zu gehen. Beim Abschied sagte sie mit zitterndem Kinn, dass sie uns hoffentlich eines Tages an einem seligeren Ort wiedersehen werde. Mit einem Seitenblick auf mich machte sie ihre Zweifel deutlich, ob ich Zugang zu jenem seligeren Ort – dem Himmel – finden würde. Dann gab sie uns noch einen Sack Äpfel aus ihrem Garten mit, als sei unser Zusammensein harmonisch und friedlich verlaufen.

Lange Zeit saßen mein Mann und ich betroffen im Auto. Zuletzt flüsterte er: „Ich wusste nicht, dass sie dich so sehr hasst."

Monatelang brodelte es in mir. Wie konnte sie es nur wagen, so mit mir zu sprechen? Sie war eine schreckliche Person, die unsere Zuneigung nicht verdient hatte. Ich machte lange Spaziergänge und sagte Gott, wie ungerecht ihre Worte gewesen waren und wie viel Schmerz sie in mir verursacht hatten. Ich dachte mir gemeine Dinge aus, die ich ihr ins Gesicht schleudern wollte. Ich forderte Gott auf, sie zu strafen und zu demütigen.

Doch allmählich hörte ich Gott immer deutlicher zu mir sprechen. Er flüsterte in meine innere Schimpfkanonade hinein: „Vergib ihr." Zunächst wollte ich nicht hinhören. Aber die innere Stimme wurde lauter und eindringlicher: *Vergib ihr.*

Aber Gott, das kann ich nicht! Sie ist doch an allem schuld! Warum sollte ich ihr vergeben? In meinem Herzen spürte ich, dass Gott erwiderte: *Auch sie ist mein Kind. Nicht nur du bist innerlich verletzt, sondern sie ebenfalls. Vergib ihr.*

Einige Wochen lang weigerte ich mich hartnäckig. Warum sollte ich meiner Schwiegermutter vergeben, bevor sie sich bei mir entschuldigte? Ich haderte mit Gott. So etwas konnte er doch unmöglich von mir verlangen. Doch die Stimme hörte nicht auf, mich zu drängen, meiner Schwiegermutter zu vergeben. Dann kam der Tag, an dem ich so verzweifelt war und meinen Zorn derart satt hatte, dass ich zu Gott schrie: *Warum? Warum soll ich ihr vergeben?*

Die Antwort kam wie ein sanftes Flüstern: *Weil ich dir vergeben habe. Weil ich dich und die ganze Welt so sehr liebe, dass ich mich selbst geopfert habe, um dir Vergebung zu ermöglichen.*

Angesichts dieser grenzenlosen Liebe wurde mein hartes Herz plötzlich weich. Ich bat Gott, mir meinen Zorn und meine Bitterkeit zu verzeihen, und dann vergab ich ganz bewusst meiner Schwiegermutter. Frieden durchströmte mich wie ein reinigender Fluss. Groll, Hass und Wut wurden weggespült, und mir wurde plötzlich bewusst, welche Macht die Vergebung besitzt, wenn wir sie empfangen und an andere weitergeben.

Eine neue Beziehung zu meiner Schwiegermutter aufzubauen war nicht einfach. Es gab Höhen und Tiefen. Doch immer, wenn ich an Gottes Geschenk der Vergebung dachte, bekam ich neue Kraft.

Heute kann ich meine Schwiegermutter mit einem Lächeln und einer Umarmung begrüßen und ihr sagen, dass ich sie lieb habe, ohne zu heucheln. Aber jeder Schritt nach vorn ist einzig und allein durch das Geschenk der Vergebung möglich.

Denn wenn ihr den Menschen ihre Vergehungen vergebt, so wird euer himmlischer Vater auch euch vergeben; wenn ihr aber den Menschen nicht vergebt, so wird euer Vater eure Vergehungen auch nicht vergeben.

Matthäus 6,14-15

*Wir können nichts tun,
um von Gott mehr geliebt zu werden;
und wir können nichts tun,
um von Gott weniger geliebt zu werden.*

Philip Yancey

Wer Gottes Gnade erlebt hat, sieht andere Menschen mit Gottes Augen

Darum nehmt einander an, wie auch Christus uns angenom-
men hat, zur Ehre Gottes.

Römer 15,7 (EÜ)

Gnade überwindet die Grenzen von Raum und Zeit – wie
der Gott, von dem sie kommt. Er ist tatsächlich „der Gott
aller Gnade" (1. Petrus 5,10). Bei ihm finden wir Erbarmen,
Hilfe und Erlösung. Wir sind eingeladen, zu Gottes großem Fest zu kommen und uns an die gedeckte Tafel zu
setzen.

Gnade ist die Brücke über einem schier unüberbrückba-
ren Abgrund – der Kluft zwischen unserer Sündhaftigkeit
und Gottes Heiligkeit. In seiner großen Liebe hat Gott eine
feste und sichere Brücke gebaut, auf der wir zu einem
wunderbaren Leben hinübergehen dürfen.

Ein Augenblick der Gnade kann sich auf eine ganze Le-
bensspanne auswirken. Genau genommen kann ein Augenblick der Gnade eine ganze Ewigkeit verändern.

Ich habe das Paradox entdeckt,
dass, wenn ich liebe, bis es wehtut,
gar kein Schmerz mehr da ist,
sondern noch mehr Liebe.

Mutter Teresa

Geben bringt Heilung

Sharon Gibson

„*Was* willst du machen? Das ist doch nicht dein Ernst!" Schockiert und ungläubig schüttelte ich den Kopf. „Doch, Schatz", hörte ich Stans entschlossene Stimme am anderen Ende der Leitung sagen. „Man hat mir angeboten, auf einer Ranch zu arbeiten, auf der ehemalige Drogenabhängige betreut werden, und ich möchte diesen Job annehmen."

„Bist du dir da sicher?" Ich konnte mir nicht vorstellen, von unserem hübschen Wohnort wegzuziehen, um unter lauter Männern zu leben, die aus den Slums von Los Angeles stammten.

Wir wohnten in Colorado Springs, wo wir zwei Geschenkboutiquen betrieben. Ich liebte diese Arbeit und unsere beiden Läden hatten lange Zeit floriert. Nach acht erfolgreichen Jahren hatte sich jedoch die Wirtschaftsflaute bemerkbar gemacht. Da viele Menschen in unserer Gegend arbeitslos geworden waren, konnten wir nicht mehr so viele Geschenkartikel verkaufen. Krampfhaft versuchten wir, über die Runden zu kommen. Irgendwann machte mein Körper nicht mehr mit; ich litt dauernd unter grippeähnlichen Symptomen und schließlich wurde ein chronischer Erschöpfungszustand diagnostiziert. Mühsam schleppte ich mich jeden Tag zur Arbeit und konnte nur noch die Fäuste ballen, wenn ich an unsere ursprüngliche Vision dachte, anderen Menschen durch unsere schönen Geschenkartikel Gottes Liebe nahezubringen.

Nach sechs Monaten rasant fallender Umsatzraten gab mein Mann die Hoffnung auf, dass wir uns von dieser Talfahrt erholen könnten. Die Krise brachte Stan zum

Nachdenken, und eines Tages, als er in der Kirche war, fühlte er sich dazu gedrängt, einen lange gehegten Wunsch zu verwirklichen. Dieser Wunsch war, anderen Menschen zu helfen.

Dann bekam er einen Anruf von seinem Freund John, der ihn nach Kalifornien einlud. Als Stan dort war, machte John ihn mit einem christlichen Hilfswerk bekannt und bot ihm an, der Leiter der Green Oak Ranch zu werden, einer Reha-Einrichtung in der Nähe von San Diego.

Auf dieser Ranch sollten 40 ehemals drogenabhängige Männer fern von den Versuchungen der Großstadt die Möglichkeit haben, ein neues Leben zu beginnen. Das Reha-Programm umfasste einen 12-Stufen-Plan, zu dem auch Bibelstudium, Seelsorge und berufliche Weiterbildung gehörten. Die Männer arbeiteten auf der Ranch und konnten dort verschiedene Fertigkeiten erlernen.

Stan überlegte hin und her und kam zu dem Schluss, dass dieser Job das Richtige für ihn war. Ich hatte schreckliche Angst. Es war nicht schwer zu erraten, dass die Männer dort wenig Ähnlichkeit mit meiner bisherigen Kundschaft haben würden, und ich fühlte mich nicht imstande, eine derartige Herausforderung zu bewältigen. Aber obwohl ich dagegen war, ging Stan nach Kalifornien. Wir schlossen eine unserer Boutiquen, und ich blieb noch vier Monate zu Hause, um den Verkauf der zweiten abzuwickeln.

Nachdem ich einen Käufer für den zweiten Laden gefunden hatte, folgte ich widerwillig meinem Mann auf die Ranch. Als er mich im Speisesaal den Männern vorstellte, kam ich mir völlig fehl am Platz vor. Ich setzte ein gezwungenes Lächeln auf, und während ich die Hände der ehemaligen Slumbewohner und Junkies schüttelte, war mir, als geschehe alles in Zeitlupe.

Die klare Struktur und die sehr gute Atmosphäre auf der Ranch trugen jedoch dazu bei, dass meine Ängste allmählich abnahmen, und nach ein paar Tagen fing ich an, mich mit den Männern zu unterhalten. Bis zu diesem Zeitpunkt war mir nicht bewusst gewesen, was für Vorurteile ich gehegt hatte, doch als ich die einzelnen Bewohner der Ranch näher kennenlernte, verabschiedete ich mich von allen Klischees.

Ich traf auf ehemalige Geschäftsmänner und Intellektuelle, die sich in der Drogensucht verfangen hatten. Ein Bandenführer aus Los Angeles, der früher die Leute auf der Straße eingeschüchtert und bedroht hatte, offenbarte sich als einfühlsamer Mensch. Sogar diejenigen, die vorher obdachlos gewesen waren, waren nicht ohne Grund in dieses Leben abgerutscht. Einer der Männer hatte angefangen zu trinken, nachdem er seine Frau und seine sechsjährige Tochter bei einem Unfall verloren hatte und mit diesem Verlust nicht zurechtgekommen war. 20 Jahre später lernte er endlich, über seine Trauer zu reden, statt in den Alkohol zu fliehen.

Schritt für Schritt änderte sich mein Bild von diesen Männern. Ich begriff, dass sie unbedingt eine gesunde, von Liebe geprägte Umgebung brauchten. Die Ranch bot ihnen einen Ort, an dem sie geheilt, herausgefordert und geliebt wurden. Hier bekamen sie konkrete Hilfe und Ermutigung, sodass sie ihrem Leben eine neue Richtung geben konnten.

Die Mahlzeiten wurden von den Mitarbeitern und den Bewohnern gemeinsam eingenommen. Bei leckerem Essen hörte ich zu, wie die Männer über ihr verpfuschtes Leben sprachen – und über die inneren Wunden, die ihnen in ihrer Kindheit zugefügt worden waren, als man sie misshandelt oder vernachlässigt hatte.

Bald sah ich in jedem dieser Männer einen kostbaren Schatz, der unter einer Schicht von Kriminalität und Drogenabhängigkeit verborgen lag. Wir versicherten ihnen, dass wir an sie glaubten, und es war eine Freude mit anzusehen, wie sie immer mehr auftauten und sich uns anvertrauten. Wir halfen ihnen, ihren Schmerz zu bewältigen und sowohl ihr Denken als auch ihr Verhalten zu ändern.

Diesen Heilungsprozess zu begleiten brachte auch mir Heilung. Dass diese Männer so offen mit ihren Problemen umgingen, gab mir die Freiheit, ebenfalls meine Maske fallen zu lassen und über die Dinge zu sprechen, die mich belasteten. Während ich miterlebte, wie Gottes Gnade an diesen Männern wirkte, gewann ich ein tieferes Verständnis von seiner Gnade für mich.

Mit der Zeit gelangte diese Erkenntnis vom Kopf ins Herz und heilte sowohl meine Seele als auch meinen Körper. Es dauerte nicht lange, bis meine körperlichen Beschwerden fast vollständig verschwunden waren.

Ich kam voller Angst zu diesen Männern. Dann verwandelte sich meine Angst in Mitleid und in die Hoffnung, dass ich ihnen irgendwie bei ihrer Heilung behilflich sein könnte. Und zum Schluss benutzte Gott sie, um mich selbst zu heilen.

Deshalb ermahnt einander und erbaut einer den anderen, wie ihr es auch tut!

1. Thessalonicher 5,11

Freundlichkeit hat mehr Sünder bekehrt als Eifer, Beredsamkeit oder Gelehrtheit.

Frederick W. Faber

Eine außergewöhnliche Lehrerin

Candy Arrington

Als Kleinwüchsige schien Allene Bennett wirklich keine geeignete Kandidatin für eine Lehrerstelle an der Sonderschule zu sein. Ihre Körpergröße von 1,25 m wirkte auf den ersten Blick nicht gerade respekteinflößend, und es stand zu befürchten, dass es ihr kaum gelingen würde, eine ganze Klasse von Problemkindern in Schach zu halten und zu unterrichten. Im Gegensatz zu ihrer äußeren Erscheinung hatte sie jedoch ein riesiges Herz und eine besondere Gabe, sich in ihre Schüler hineinzuversetzen und deren Bedürfnisse zu erkennen.

Es dauerte nicht lange, bis Allene beweisen musste, was in ihr steckte. Einer ihrer ersten Schüler war ein Raufbold, der viel zu alt für seine Klasse war und ständig Tabak kaute.

Er schaute von oben auf sie herab und musterte sie kritisch. „Was sind Sie denn? Ein Kind oder eine Frau?", spottete er.

Nachdem Allene ihm versichert hatte, dass Letzteres zuträfe, nutzte der Kerl die nächstbeste Gelegenheit, um sie zu provozieren.

„Er schlich sich von hinten an mich heran, hob mich hoch und hängte mich kopfüber über das Geländer des Treppenhauses", erinnert sich Allene. „Ich wusste, dass er mich auf die Probe stellen wollte, aber ich ließ mich nicht einschüchtern. Ich war fest entschlossen, an diese Schüler heranzukommen, ganz gleich, was es mich kosten würde."

Durch ihren Mumm gewann sie nach und nach den Respekt der Schüler und bekam den Spitznamen „kleine Riesin".

Nachdem Allene einige Jahre an der Sonderschule unterrichtet hatte, lernte sie ein Mädchen namens Polly kennen. Schnell wurde ihr klar, dass Polly wohl ihre bisher schwierigste Schülerin war.

Als Polly in die Klasse kam, hielt sie ihre Arme über einem schmutzigen T-Shirt verschränkt, suchte sich einen Platz ganz hinten in der Ecke und begann sofort, auf dem Tisch herumzukritzeln.

An ihrem ungewaschenen Gesicht klebte wirres Haar und ihr zu einem Schlitz zusammengepresster Mund deutete auf ein Leben voller Verletzungen und ungestillter Bedürfnisse hin. Allene sah den Schmerz hinter der finsteren Miene und wusste, dass Polly Augenkontakt mied, weil sie eine Schutzmauer um sich herum aufgebaut hatte. Zu diesem Mädchen durchzudringen würde zweifellos eine große Herausforderung sein.

Später an jenem Tag rief Allene Polly zum ersten Mal auf. „Polly, bitte setz dich aufrecht hin und sag uns die Antwort auf die Frage sieben."

„Weiß nicht", antwortete Polly, ohne sich zu rühren.

Allene ging nicht weiter darauf ein und wandte sich an einen anderen Schüler.

Als der Unterricht vorbei war, sah Allene, wie Polly beim Weggehen etwas auf eine Ecke des Lehrerpults legte. Es war ein zusammengeknülltes Notizblatt. Nachdem alle Schüler fort waren, faltete Allene es auseinander und las die hingeschmierten Worte, die mit einer fast unleserlichen Handschrift geschrieben waren: „Ich hasse Sie!"

Die Worte trafen sie wie ein Messerstich. Bedächtig nahm sie ein weißes Blatt Papier aus einer Schublade und schrieb einen einzigen Satz darauf: „Ich hab dich lieb." Dann faltete sie das Blatt zusammen und legte es auf Pollys Tisch. Einen Augenblick blieb sie an diesem Platz stehen und betete im Stillen um Weisheit, wie sie dieses Mädchen am besten erreichen konnte.

Und so entstand eine Tradition. Jeden Tag legte Polly einen Zettel mit „Ich hasse Sie" auf das Lehrerpult; und jeden Tag revanchierte sich Allene mit einem „Ich hab dich lieb"-Zettel für Polly und mit einem Gebet. Manchmal legte sie ein Kaugummi, ein paar Cent oder bunte Aufkleber dazu. Hin und wieder meinte sie zu spüren, wie Polly innerlich auftaute, doch ihre Hoffnungen wurden am Ende jedes Tages wieder von einem Hasszettel zerstört.

Mit der Zeit fügte Allene ihrer Botschaft für Polly auch kurze Bibelstellen bei, und irgendwann fragte Polly sie in einem anklagenden Ton: „Warum haben Sie mich lieb?"

Diese Frage beantwortete Allene, indem sie ihrem Sorgenkind von Gottes Liebe erzählte. Doch es schien, als würden diese winzigen Samenkörner auf unfruchtbaren Boden fallen.

Im Laufe des Schuljahrs brachte Polly manchmal sogar eine gute Leistung, und ihre Lehrerin nutzte jede dieser Gelegenheiten, um sie mit Lob und Ermutigung zu überschütten. Trotzdem trafen weiterhin regelmäßig die Hassbotschaften ein.

Als der letzte Schultag vorbei war, verließ Polly mit den anderen Schülern das Klassenzimmer. Enttäuschung übermannte Allene.

Was hatte sie erwartet? Eine Umarmung? Ein Dankeschön? Sie hatte nichts dergleichen bekommen, und während sie zum Lehrerpult ging, überkam sie ein Gefühl dumpfer Verzweiflung: Dort lag wieder ein Zettel von Polly. Hätte sie ihr das nicht wenigstens am letzten Tag ersparen können?

Allenes Hand zitterte leicht, als sie nach dem Zettel griff. Er sah anders aus als sonst. Statt eines zusammengeknüllten Schmierzettels berührten ihre Hände rosa Briefpapier. Außen stand mit sauberen Buchstaben „Für Mrs Bennett" darauf. In der rechten unteren Ecke hatte Polly eine lila Blume mit einem hellgrünen Stiel gezeichnet.

Allenes Herz schlug schneller, als sie das Papier ausei-
nanderfaltete. Auf der Innenseite waren mit einem dicken
violetten Filzstift fünf einfache Worte hingeschrieben worden, die Balsam für Allenes Seele waren: „Ich hab Sie auch
lieb."
Die „kleine Riesin" hatte einen riesigen Einfluss gehabt.

*Daran werden alle erkennen, dass ihr meine Jünger seid, wenn
ihr Liebe untereinander habt.*

Johannes 13,35

*Glaube heißt, darauf zu vertrauen,
dass der Wundertäter meine steinkalte
Gleichgültigkeit gegenüber gewissen
„Unliebenswerten" in ein Feuer der Liebe
verwandeln kann.*

Pamela Reeve

Meine Freundin Rose

Janet Seever

Als ich um 6:oo Uhr morgens die große Krankenhausküche betrat, war Rose schon da. Sie verglich gerade die Namensschilder der Frühstückstabletts mit der Patientenliste. Ich holte tief Luft und versuchte, meiner Stimme einen fröhlichen Klang zu geben. „Hallo, ich bin Janet." Ich wusste, dass Rose den Ruf hatte, eine völlig unmögliche Arbeitspartnerin zu sein. „Auf dem Plan steht, dass wir diese Woche zusammen Dienst haben."

Rose war eine untersetzte Frau mittleren Alters mit ergrauendem Haar. Sie unterbrach ihre Arbeit und schaute mich über den Rand ihrer Lesebrille hinweg an. Ihrem mürrischen Ausdruck nach zu urteilen war sie nicht gerade erfreut, eine Studentin zu sehen.

„Was soll ich machen? Den Kaffee aufsetzen?" Mein Selbstvertrauen sank mit jeder Minute weiter in den Keller.

Rose nickte missmutig und wandte sich wieder ihren Namensschildern zu.

Ich griff nach dem 1o-Liter-Topf und füllte ihn mit kaltem Wasser, als Rose mich plötzlich anfuhr: „So macht man doch keinen Kaffee!" Sie nahm mir den Topf aus der Hand und kümmerte sich selbst um diese Aufgabe.

Ab diesem Moment konnte ich ihr nichts mehr recht machen. Den ganzen Vormittag verfolgte sie mich mit Adleraugen, und ihre scharfen Worte taten weh. Sie heftete sich an meine Fersen und wies mich erbarmungslos auf alles hin, was ich falsch machte.

Nachdem wir die Frühstückstabletts wieder eingesammelt und das Geschirr gespült hatten, bereitete ich die

Tabletts für die nächste Mahlzeit vor und begann anschließend, das Spülbecken zu säubern. Sicher würde Rose daran nichts aussetzen können.

Doch als ich mich umdrehte, sah ich, wie Rose alle Tabletts, die ich gerade geordnet hatte, neu sortierte.

In der Mittagspause amüsierten sich einige der älteren Vollzeitkräfte auf meine Kosten. „Na, macht's Spaß mit Rose?", zogen sie mich auf. Margarets schelmische blaue Augen funkelten. Ich dagegen musste mir auf die Lippe beißen, um meine Tränen zu unterdrücken.

Völlig erschöpft schleppte ich mich an diesem Juninachmittag nach Hause. In meinen drei Studienjahren hatte ich diverse Jobs gemacht, um mein Studium zu finanzieren, aber mir war noch nie jemand wie Rose begegnet.

Den ganzen Abend war ich total angespannt. Ich kämpfte innerlich mit der Frage, wie ich mit dieser schwierigen Situation umgehen sollte. „Herr, was soll ich machen? Ich halte es mit Rose so nicht viel länger aus."

Ich erwog eine Möglichkeit nach der anderen. Vielleicht konnte ich meine Vorgesetzte fragen, ob ich mit jemand anderem zusammenarbeiten durfte. Immerhin war der Dienstplan flexibel. Auf der anderen Seite wollte ich aber auch kein Drückeberger sein, und meine Kolleginnen würden bestimmt genau beobachten, wie ich mich verhielt.

Beim Beten kam mir dann die Gewissheit, dass Rose in erster Linie Liebe brauchte. Ich sollte ihr Gottes Liebe zeigen. Das wollte Gott von mir.

Nur wie? Vielleicht würde ich sie gerade so tolerieren können, aber lieben? Nicht bei ihren erbarmungslosen Kommentaren, da war ich mir sicher.

„Herr, ich *kann* Rose nicht lieben. Das ist unmöglich. Wenn du das von mir möchtest, musst *du* es schon durch mich machen."

Als ich am nächsten Morgen wieder mit Rose zusammenarbeitete, ignorierte ich ihre verbalen Seitenhiebe und versuchte, mich ihren Wünschen so weit wie möglich anzupassen, um Spannungen zu vermeiden. Während ich Geschirr spülte oder etwas anderes tat, hüllte ich sie im Stillen in eine Decke des Gebets ein. „Herr, hilf mir, Rose zu lieben. Herr, segne Rose."

In den nächsten Tagen veränderte sich die Situation allmählich. Durch meine Gebete für diese schwierige Frau konzentrierte ich mich immer weniger auf das, was sie mir antat. Stattdessen wurde mir immer deutlicher bewusst, dass Rose schlimme innere Verletzungen hatte und dass Gott sie genauso liebte wie mich.

Zunächst war nur ich es, die sich veränderte, nicht Rose. Doch als das Eis zwischen uns zu schmelzen begann, hackte Rose immer seltener auf mir herum.

Im Laufe des Sommers kam es häufig vor, dass wir zusammen Dienst hatten, und jedes Mal schien Rose wirklich froh zu sein, mich zu sehen.

„Ich hab auf dem Plan gesehen, dass wir nächste Woche wieder zusammen dran sind", sagte sie zu mir, wenn wir im Krankenhausflur aneinander vorbeigingen. „Ich freu mich schon."

Während wir miteinander in der Küche arbeiteten, schenkte ich dieser einsamen Frau meine Aufmerksamkeit und hörte ihr zu, was kaum jemand zuvor getan hatte. So fand ich heraus, welche Lasten sie zu tragen hatte: pflegebedürftige Eltern, eigene Gesundheitsprobleme und einen Ehemann, den sie verlassen wollte, weil er Alkoholiker war. Sie hatte definitiv ein schweres Los gezogen, und ich begann zu verstehen, warum sie so war, wie sie war. Ich hatte sogar die Gelegenheit, ihr zu sagen, dass ich Hilfe bei Gott fand, wenn ich Probleme hatte.

Die letzten Tage meines Sommerjobs vergingen wie im Flug. Die Blätter an den Bäumen färbten sich allmählich bunt und es wurde kühler. Bald würde ich wieder voll und ganz mit meinem Studium beschäftigt sein.

Als ich eines Tages allein in der Küche war, kam Rose unerwartet herein. Statt ihres blauen Schwesternkittels trug sie ganz gewöhnliche Kleidung. Überrascht blickte ich sie an. „Hast du heute keinen Dienst?"

„Ich hab eine andere Stelle gefunden und höre hier auf", sagte sie, kam auf mich zu und drückte mich kurz an sich. „Ich wollte dir nur auf Wiedersehen sagen." Dann drehte sie sich unvermittelt um und ging zur Tür hinaus.

Ich habe Rose zwar nie wiedergesehen, und seit damals sind 40 Sommer gekommen und wieder gegangen, aber ich kann mich noch lebhaft an sie erinnern. Mit den Jahren habe ich viele Menschen wie Rose kennengelernt: anstrengend, unangenehm und unbeliebt. Innerlich trugen sie jedoch ein verletztes Herz mit sich herum. Ich habe gelernt, dass Gott diese Menschen liebt und dass sie Gottes Liebe mehr als alles andere brauchen. Und mag es auch nicht immer einfach sein – es lohnt sich, die Liebe, die er mir gegeben hat, weiterzugeben.

Die Liebe ist geduldig und gütig. Die Liebe eifert nicht für den eigenen Standpunkt, sie prahlt nicht und spielt sich nicht auf. ... Die Liebe gibt nie jemand auf, in jeder Lage vertraut und hofft sie für andere; alles erträgt sie mit großer Geduld.

1. Korinther 13,4.7 (GN)

Jeder Christ hat die Pflicht,
Christus für seinen Nächsten zu sein.

Martin Luther

Die neuen Nachbarn

Tonya Ruiz

Ich war völlig von meinem ruhigen Vorstadtleben und meiner Vorzeigefamilie eingenommen: ein Ehemann, vier Kinder und ein Aquarium mit verschiedensten Fischen. Den Kindern half ich bei den Hausaufgaben und um die Tiere kümmerten wir uns alle vorbildlich. In unserem Gemüsegarten wuchsen Gurken und Tomaten und ich bekam viele Komplimente für die hübschen Blumen in meinem Vorgarten. In der Adventszeit bastelten wir unsere eigenen Karten und Weihnachtsgeschenke. Ich trug Kleider mit Blumenmuster, war berühmt für meinen Schmorbraten und machte jede Woche einen gründlichen Hausputz. Eine Putzfrau hätte bei mir nichts zu tun gefunden.

Als gegenüber von uns neue Nachbarn einzogen, stand für mich sofort fest, dass wir nichts mit ihnen gemeinsam hatten. Offenbar lebten sie in einer ganz anderen Welt als wir. Deshalb grüßte ich sie zwar freundlich im Vorbeigehen, aber ansonsten hielt ich mich von ihnen fern. Es fiel mir nicht einmal im Traum ein, für sie eine Begrüßungsparty zu geben oder ihnen einen Teller mit selbst gebackenen Keksen zu bringen. Ich rechtfertigte meine Haltung vor mir selbst, indem ich mir sagte, dass der Kreis unserer Bekannten und Freunde sowieso schon viel zu groß sei.

Nachdem mein Sohn mit den neuen Nachbarskindern gespielt hatte, erzählte er, dass die Eltern gerade ihre Hochzeit planten. „Ach, dann sind sie also noch gar nicht verheiratet?", fragte ich mit hochgezogenen Augenbrauen.

Bei der Hochzeitsfeier dröhnte dann lauter Hardrock über die Straße. „Was ist nur bei unseren Nachbarn los?", fragte ich mich, während ich durch die Vorhänge unseres Schlafzimmers spähte.

„Probier's doch mal mit einem Fernglas", witzelte mein Mann und staunte nicht schlecht, als ich seinen Rat befolgte und tatsächlich das Fernglas aus der Schublade holte.

So ging es weiter, bis einige Monate später meine mehr oder weniger neue Nachbarin vor meiner Tür stand. Mit einem verzweifelten Ausdruck im Gesicht erklärte sie: „Wir haben ein paar familiäre Probleme. Kennen Sie vielleicht eine gute Gemeinde, in die wir gehen könnten?"

Überrascht schaute ich sie an und war plötzlich betroffen, weil ich so selbstgerecht gewesen war.

Monatelang hatte ich mich für etwas Besseres gehalten, und es war mir kein einziges Mal eingefallen, den neuen Nachbarn meine Hilfe anzubieten oder sie mal einzuladen. Und sie gar zu fragen, ob sie mit in die Kirche gehen wollten – das war mir überhaupt nicht in den Sinn gekommen. Anscheinend hatte ich völlig vergessen, dass ich früher, bevor ich Christin geworden war, selbst mit meinem Freund zusammengelebt, laute Musik gehört und eine Menge Partys gefeiert hatte. Was wäre gewesen, wenn meine Freunde damals gesagt hätten: „Tut uns leid, wir können dich nicht mit in die Gemeinde nehmen, weil du zu viel Make-up trägst und dich zu aufreizend kleidest!"?

Ich schämte mich. Jesus war sich nicht zu gut für die Zöllner, Prostituierten und anderen Sünder gewesen. Warum also war ich es?

Unsere neuen Nachbarn gingen nicht nur mit zur Kirche, sondern wurden noch in demselben Jahr Christen. Uns verbindet heute eine tiefe Freundschaft.

Diese Nachbarn haben mich etwas gelehrt: Um Gottes Gnade an sie weitergeben zu können, musste ich hinter die Fassade aus Bierdosen blicken und aus der lauten Musik ihren verzweifelten Hilferuf heraushören – so, wie Gott es bei mir tat.

Meine Nachbarn haben mir viel mehr geholfen als ich ihnen, denn durch sie hat sich mein geistliches Seh- und Hörvermögen nachhaltig gebessert. Heute bitte ich Gott viel früher darum, mir zu zeigen, wie *er* die Menschen sieht. Und ich habe mein Fernglas weggepackt.

Und es geschah, als er in dem Haus zu Tisch lag, und siehe, da kamen viele Zöllner und Sünder und lagen zu Tisch mit Jesus und seinen Jüngern.

Matthäus 9,10

Wenn man das Werk des Herrn
aus eigener Kraft heraus tut, ist es verwirrender,
erschöpfender und mühsamer als jede andere Arbeit. Ist
man hingegen mit dem Heiligen Geist erfüllt,
dann fließt der Dienst Jesu einfach aus einem heraus.

Corrie ten Boom

Wer Gottes Gnade erlebt hat, stellt sich ihm bedingungslos zur Verfügung

Weil Gott so barmherzig ist, fordere ich euch nun auf, liebe Brüder, euch mit eurem ganzen Leben für Gott einzusetzen. Es soll ein lebendiges und heiliges Opfer sein – ein Opfer, an dem Gott Freude hat. Das ist ein Gottesdienst, wie er sein soll.

Römer 12,1 (NL)

Auch wenn es unseren menschlichen Verstand übersteigt, sollten wir versuchen, die Bedeutung von Gnade und Barmherzigkeit zu erfassen.

Mit einfachen Worten könnte man es vielleicht so ausdrücken: Barmherzigkeit bedeutet, dass Gott uns die Strafe erlässt, die wir eigentlich verdient hätten. Und Gnade geht noch einen Schritt weiter: Sie erlässt uns nicht nur die Strafe, sondern bietet uns darüber hinaus auch noch kostbare Geschenke an.

Wir haben immer wieder erlebt, wie Gott – der Ursprung von Gnade und Barmherzigkeit – uns mit Segnungen überschüttet. Er gibt uns, was wir brauchen, und nicht nur das, sondern noch weitaus mehr. Gnade geht immer noch einen Schritt weiter, und wer Gottes Gnade erfahren hat, setzt sich mit seinem ganzen Leben für Gott ein und folgt so dem Vorbild von Jesus.

Egal, wie wenig du hast,
du kannst immer etwas davon abgeben.

Catherine Marshall

Mit Liebe genäht

Janice Young

Jeden Sonntagvormittag organisiere ich zusammen mit anderen freiwilligen Helfern einen Gottesdienst in einer Obdachlosen-Tagesstätte in Tulsa, Oklahoma. Diese Tagesstätte bietet bedürftigen Menschen eine geschützte Umgebung. Es gibt Duschen, Toiletten, Seelsorge und ärztliche Versorgung.

Viele Kirchen schicken Busse, um die Obdachlosen am Sonntagmorgen zum Gottesdienst abzuholen. Doch einige Leute wollen lieber in der Tagesstätte bleiben, und irgendwann kamen die freiwilligen Helfer auf die Idee, dass wir auch vor Ort einen Gottesdienst abhalten könnten. Also brachten wir jeden Sonntag unsere Instrumente mit und fingen an, mit den Gästen Lobpreislieder zu singen. Obwohl wir keine genialen Musiker sind, freuen sich die Leute über diese schlichte Anbetung.

Wir machen das jetzt schon seit mehreren Jahren, und während dieser Zeit haben wir viele Menschen kommen und gehen sehen, die aus der Obdachlosigkeit wieder in ein normales Leben zurückgefunden haben. Nancy dagegen gehört zu den Personen, für die das nicht so einfach ist. Sie ist sehr still, und erst, wenn man eine Zeit lang mit ihr redet, merkt man, dass sie mit einer geistigen Behinderung zu kämpfen hat.

Da sie sich nicht selbst versorgen kann, war sie mit einigen Unterbrechungen immer wieder obdachlos und gehörte somit zu unseren regelmäßigen Gottesdienstbesuchern.

Bis vor Kurzem war mir jedoch nicht bewusst, was Gott in ihrem Herzen bewirkt hat.

In diesem Frühjahr ging in Nancy irgendetwas vor, und sie wünschte sich, Gott und anderen Menschen irgendetwas schenken zu können – obwohl sie ja selbst so wenig hatte. Schließlich kam sie wenige Wochen vor Ostern schüchtern auf mich zu und überreichte mir eine Plastiktüte.

„Was ist das?", fragte ich.

„Das ist nur ... ein Geschenk", erklärte sie.

Neugierig öffnete ich die Tüte und entdeckte lauter Krawatten aus lavendelfarbenem Stoff, der mit Ostereiern bedruckt war. Da Nancy keine Nähmaschine besaß, hieß das, dass sie jede einzelne dieser 40 Krawatten von Hand genäht hatte – sie waren Stich für Stich mit Liebe angefertigt worden.

Ich wusste nicht, was ich sagen oder tun sollte. Sie wollte so gerne etwas geben und andere beschenken – wie konnte ich sie darin unterstützen?

Da kam mir eine Idee. In der darauffolgenden Woche nahm ich die Krawatten mit zu einer Veranstaltung meiner Gemeinde und fragte die Teilnehmer, ob sie helfen wollten, Nancys Gabe zu vervielfachen und dadurch Gottes Werk in der Tagesstätte zu unterstützen. Ich erklärte, dass jeder der Männer eine handgenähte Osterkrawatte von Nancy erwerben und dafür bezahlen könne, was immer Gott ihm aufs Herz legte.

Am Ende der Veranstaltung hatten wir mehr als 500 Dollar zusammenbekommen.

Als ich Nancy erzählte, dass ihr Geschenk – gekoppelt mit der Großzügigkeit der Gemeindeglieder – den Menschen in der Tagesstätte zugute kommen würde, war sie völlig überwältigt und tief berührt. Dann haben wir entschieden, mit einem Teil der Einnahmen neuen Stoff für Nancy zu kaufen, damit sie weiterhin Krawatten verschenken kann.

An diesem Ostersonntag trugen alle Männer in unserer Lobpreisband eine lavendelfarbene Krawatte mit Eiern darauf – als Zeugnis für die Kraft, die darin liegt, wenn man Gottes Liebe mit anderen teilt. *Und er rief seine Jünger herbei und sprach zu ihnen: Wahrlich, ich sage euch: Diese arme Witwe hat mehr eingelegt als alle, die in den Schatzkasten eingelegt haben. Denn alle haben von ihrem Überfluss eingelegt; diese aber hat aus ihrem Mangel alles, was sie hatte, eingelegt, ihren ganzen Lebensunterhalt.*

Markus 12,43-44

Gott benutzt Menschen, um sein Werk zu vollbringen.
Er schickt keine Engel. Engel weinen darüber,
aber Gott benutzt keine Engel,
um seine Arbeit zu tun. Stattdessen
gebraucht er schwache Männer und Frauen,
die ein zerbrochenes Herz haben.

David Wilkerson

Jonathans Auge

Jessica Inman

Wenn Gott einen Menschen als Kanal seiner Gnade benutzt, macht er sowohl von den Stärken als auch von den
Schwächen dieser Person Gebrauch. Das wird in der Geschichte von Daniel und Jonathan deutlich.

Als sich der 13-jährige Daniel Birkhead und der 45-jähri-
ge Jonathan Bone begegneten, schien es, als habe Gott Daniel darauf vorbereitet, seine Gnade an Jonathan weiterzugeben.

Die beiden lernten sich bei einer Weihnachtsfeier der
Obdachlosenhilfe von Nashville kennen. Jonathan hatte bei
dieser Organisation ein sechsmonatiges Trainingspro-
gramm absolviert, weil er fest entschlossen war, aus der
Obdachlosigkeit zu einem normalen Leben zurückzufin-
den. Da die Familie Birkhead einem der Obdachlosen etwas zu Weihnachten schenken wollte, hatte sie schon einige Zeit vorher ein Los gezogen. Auf diesem Los stand
Jonathans Name sowie sein größter Wunsch: eine Jacke
mit dem Emblem der örtlichen Footballmannschaft.

Der Speisesaal der Obdachlosenhilfe war voller Menschen, und Daniel fragte sich, welcher dieser Leute wohl
„sein" Mann war. Als Jonathan schließlich der Familie
Birkhead vorgestellt wurde, war der 13-Jährige überrascht:
Dieser Mann war fast zwei Meter groß, hatte muskulöse
Arme und Beine und sah aus, als könne er der Trainer von
Daniels Footballteam sein. Allerdings hatte sein Erschei-
nungsbild eine Besonderheit – er trug nämlich eine Augenklappe.

Jonathan bedankte sich sehr lebhaft, als er sein Geschenk auspackte, und im Laufe des Abends kam er noch

mehrmals auf die Birkheads zu, um sich zu bedanken. Irgendetwas an diesen Menschen bewog ihn dazu, sich ihnen anzuvertrauen und ihnen von sich zu erzählen. Er sei von Drogen losgekommen und habe nun eine Anstellung bei einem Restaurant, berichtete er. Als er klein gewesen sei, habe sein Vater seine Familie verlassen, und sein Bruder sei gestorben. Außerdem berichtete er, dass er als 17-Jähriger zu einem Footballspiel gegangen war, bei dem es Krawalle gegeben hatte. Das Bleirohr eines Bandenmitglieds hatte ihn im Gesicht getroffen. Dadurch hatte er ein Auge verloren.

Obwohl sich das Gespräch später um andere Dinge drehte, musste Daniel ständig an Jonathans Auge denken. Es machte ihn traurig. Aufgrund dieser Behinderung war Jonathan in seinem Leben oft zu kurz gekommen und wurde sogar von den Kindern auf der Straße verspottet. Zwar hatte der 45-Jährige das nicht ausdrücklich gesagt, aber Daniel konnte sich gut vorstellen, dass so ein Handicap bei der Arbeitssuche nicht gerade hilfreich war. Wenn Jonathan ein Glasauge statt der Augenklappe hätte, würde es nicht so auffallen. Doch ein Glasauge kostete 700 Dollar, hatte Jonathan erklärt, und so viel Geld besaß er nun einmal nicht.

Als Daniel mit seiner Familie nach Hause ging, kreisten seine Gedanken um die 200 Dollar, die er gespart hatte. *Eigentlich würde es mir nichts ausmachen, dieses Geld zu verschenken,* überlegte er. *Aber für Jonathan wäre es eine Riesenhilfe.* Er erzählte seinem Vater von seinem Wunsch, Jonathan zu helfen, und gemeinsam erwogen sie einige Möglichkeiten, wie sie den Rest des Geldes auftreiben könnten. Als Erstes suchte Daniel ein Gefäß und schrieb darauf mit einem schwarzen Stift „Für Jonathans Auge".

Bestimmt hätte nicht jeder Teenager so reagiert. Was machte Daniel so mitfühlend? Warum kümmerte er sich um andere?

Ein Grund war, dass Daniel wusste, wie es sich anfühlt, wenn man anders ist. Er wurde mit einer Lippen- und Gaumenspalte geboren. Obwohl er schon mehrmals operiert worden war, konnte diese angeborene Fehlbildung nicht völlig korrigiert werden. Dass Daniel sich in benachteiligte Menschen hineinversetzen konnte, hatte sicherlich dazu beigetragen, dass er und Jonathan sich auf Anhieb sympathisch waren und Jonathan sich der Familie Birkhead so rasch anvertraut hatte.

Genau wie Jonathan hatte auch Daniel es nicht leicht. Jeden Tag musste er damit rechnen, dass andere Leute ihm merkwürdige Blicke zuwarfen. Außerdem hatte er Schmerzen und musste immer wieder operiert werden. Seiner Mutter machte es oft zu schaffen, dass ihr Sohn solche Schwierigkeiten bewältigen musste. „Aber er lässt sich nicht entmutigen, obwohl er sich in vielen Dingen besonders anstrengen muss", sagte sie.

Trotz der Hürden, die Daniel überwinden musste, glaubte er fest daran, dass Gott ihn zu der Person machen würde, die er sein sollte. Er war fest entschlossen, Herausforderungen zu meistern, und er hatte ein unglaublich weites Herz für Menschen, die von den Normen unserer Gesellschaft abweichen. Das machte ihn zum perfekten Kandidaten dafür, Gottes Liebe auf ganz praktische Weise an Jonathan weiterzugeben.

Daniel hing ständig am Telefon, um Verwandte, Freunde und Gemeindemitglieder anzurufen und zu fragen, ob sie etwas beisteuern wollten. Er hinterließ Nachrichten auf Anrufbeantwortern und wartete darauf, dass die Leute sich meldeten. In den folgenden Wochen stand das Gefäß neben dem Esstisch und füllte sich immer mehr.

Unterdessen musste Jonathan immer wieder an die Birkheads denken. Er hatte zwar seit der Weihnachtsfeier nicht mehr mit ihnen gesprochen, aber er hoffte, dass sie sich irgendwann wiedersehen würden. So freute er sich gleich doppelt, als Daniels Vater ihn anrief und ihm erklärte, dass sie genug Geld gesammelt hatten, um ihm ein Glasauge zu finanzieren.

Zwei Wochen später sollte die Operation stattfinden und Daniel und Jonathan blieben in Verbindung. Die Birkheads fingen sogar an, Jonathan jeden Sonntag zum Gottesdienst abzuholen. Als Jonathan sein neues Auge bekommen hatte, rief er Daniel sofort an; er konnte es einfach nicht erwarten, sich bei ihm zu bedanken.

In den darauffolgenden Wochen veränderte sich Jonathans Leben grundlegend. Er war nicht mehr so gehemmt wie früher und er bekam sogar noch einen zweiten Job bei einer Zeitung.

Jedes Mal, wenn er in den Spiegel schaut, wird er daran erinnert, wie weit Gott ihn gebracht hat. Das neue Auge spornt ihn täglich an und erinnert ihn an Gottes Gnade. Er ist glücklicher als je zuvor.

Inzwischen beten die Birkheads zusammen mit Jonathan dafür, dass Gott ihnen zeigt, wie der nächste Schritt aussehen soll. Daniel und seine Familie haben sich dazu entschlossen, ihren neuen Freund weiterhin zu unterstützen und zu ermutigen. Dass Jonathan zuversichtlich in die Zukunft blicken kann, hat er einem Teenager zu verdanken, der sich von Gott als Kanal seiner Liebe benutzen ließ.

Und ich will die Blinden auf einem Weg gehen lassen, den sie nicht kennen, auf Pfaden, die sie nicht kennen, will ich sie schreiten lassen. Die Finsternis vor ihnen will ich zum Licht machen und das Holperige zur Ebene. Das sind die Dinge, die ich tun und von denen ich nicht ablassen werde.

Jesaja 42,16

Um zu überleben, müssen wir nehmen;
doch um zu leben, müssen wir geben.

Winston Churchill

Ein Traum wird wahr

Oseola McCarty

Schon als kleines Mädchen fing ich an, Wäsche zu waschen. Damals half ich immer meiner Mutter und meiner Großmutter. Als ich in die Schule kam, wusch ich am Samstagvormittag meine Sachen. Dabei musste ich mich auf eine Holzkiste stellen, um an den großen Kochtopf zu kommen, den wir zum Waschen benutzten. Am Abend heizte ich dann Mamas schweres altes Bügeleisen am Küchenherd auf und bügelte meine Kleider. Samstagabends, wenn ich schlafen ging, waren alle Sachen für die nächste Woche fertig.

Als ich 10 war, sagte meine Lieblingslehrerin Mrs White eines Tages: „Oseola, komm mal bitte ans Lehrerpult." Dann flüsterte sie mir so leise zu, dass niemand sonst es hören konnte: „Sag mal, Oseola, wer bügelt eigentlich deine Kleider?"

„Ich selbst."

„Wirklich? Das machst du aber prima! Sag mal, könntest du mir vielleicht auch ein Kleid bügeln, wenn ich dich dafür bezahle? Was würde es denn kosten, von dir ein Kleid bügeln zu lassen?"

„Zehn Cent", erwiderte ich. Doch als ich das Kleid frisch gewaschen und fertig gebügelt zurückbrachte, gab sie mir 25 Cent. Mit der Zeit sprachen sich meine Wasch- und Bügelkünste herum und ich bekam immer mehr Aufträge. Je mehr ich arbeitete, desto mehr Geld verdiente ich.

Als ich 12 war, wurde meine Tante krank, und ich konnte nicht länger zur Schule gehen, weil ich mich um sie kümmern musste. Im nächsten Jahr hatten meine Schulkameraden einen so großen Vorsprung, dass ich den Anschluss nicht mehr geschafft hätte. Also ging ich endgültig von der Schule ab und widmete mich ganz dem Waschen und Bügeln. Das Geld, das ich damit verdiente, steckte ich immer unter das rosa Futter meines Puppenwagens.

Eines Tages zahlte ich mein ganzes Geld – es mögen vielleicht fünf Dollar gewesen sein – auf ein Girokonto ein. Danach brachte ich jeden Monat weitere Münzen zur Bank, mit Ausnahme von denen, die ich in den Opferteller der „Friendship"-Baptistengemeinde legte. Niemand hatte mich dazu aufgefordert, aber es schien mir einfach angemessen, dass ich Gott etwas von dem zurückgab, was er mir gegeben hatte.

Die Jahre vergingen. Ich machte es mir zur Gewohnheit, regelmäßig etwas für die Gemeinde zu spenden, und einmal im Jahr bezahlte ich meine Versicherung. Jeden Monat beglich ich die Rechnungen für Wasser, Strom und Gas und ich reservierte eine bestimmte Summe für Lebensmittel und andere notwendige Dinge. Gott lehrte mich, mein Geld nur für Dinge auszugeben, die ich tatsächlich brauchte, und den Rest zu sparen.

Als ich eines Tages wieder Geld zur Bank brachte, sagte die Frau am Schalter zu mir: „Miss McCarty, wenn Sie Ihr Geld auf ein Sparkonto einzahlen, bekommen Sie dafür Zinsen."

„Wann kann ich das machen?", erkundigte ich mich.

„Das können Sie jetzt gleich machen." Und das tat ich auch.

Ein andermal sagte eine der Bankangestellten zu mir: „Miss McCarty, Sie können Ihr Geld in Wertpapieren anlegen, dann vermehrt es sich schneller."

Und ich sagte: „Wann kann ich das machen?"

„Das können Sie jetzt gleich machen." Also tat ich es und die Summe auf meinem Konto wuchs immer mehr.

Nachdem ich mich zu einer Friseurin hatte ausbilden lassen, wusch und schnitt ich 14 Jahre lang Haare. Doch als meine Mutter an Krebs erkrankte, arbeitete ich wieder zu Hause am Bügelbrett, damit ich mich um sie kümmern konnte.

Meine Mutter starb 1964 und drei Jahre später meine Tante. Ich arbeitete einfach immer weiter, auch als ich längst das Rentenalter erreicht hatte. Schließlich wurde meine Arthritis jedoch so schlimm, dass ich wirklich nicht mehr arbeiten konnte, und so musste ich mit 86 Jahren tatsächlich in den Ruhestand gehen. Ich betete: „Herr, bitte bleib bei mir und führe mich und schütze mich in allen Dingen." Und dieses Gebet hat Gott zweifellos erhört.

In der Bank fragte man mich eines Tages, was mit meinem Geld geschehen solle, wenn ich nicht mehr da sei. Ein Mitglied des Vorstands setzte sich mit mir an einen Tisch und legte 10 Zehn-Cent-Stücke vor mich hin. Der Mann erklärte, dass jede Münze ein Zehntel meines Vermögens darstelle. Daraufhin bestimmte ich eine Münze für die Kirche und jeweils eine für jede meiner Cousinen. Somit blieben sechs Stücke für einen Traum übrig, den ich schon immer gehabt hatte.

„Ich möchte jungen Menschen helfen, eine gute Ausbildung zu bekommen", erklärte ich. „Deshalb möchte ich den Rest meines Geldes der hiesigen Universität spenden. Damit sollen junge Leute unterstützt werden, die gern studieren möchten, aber nicht genug Geld haben. Insbesondere afroamerikanische Jugendliche, denen das Lernen ebenso wichtig ist, wie es mir damals war."

Der freundliche Herr von der Bank schaute mich mit hochgezogenen Augenbrauen an und sagte: „Miss McCarty, das heißt aber, dass Sie der Universität 150 000 Dollar geben."

150 000 Dollar! Mir war nie bewusst gewesen, wie viel Geld ich hatte, und diese Summe verschlug mir förmlich die Sprache. Ein Anwalt, für den ich früher Wäsche gewaschen hatte, beriet mich und überzeugte sich davon, dass

ich dieses Vorhaben auch wirklich ausführen wollte. Dann bereiteten wir die nötigen Papiere vor. Er sorgte dafür, dass noch genug Geld für mich übrig blieb, sollte ich welches brauchen, und der Rest würde in Zukunft jedes Jahr nach und nach weggegeben werden.

Als bekannt wurde, was ich getan hatte, kamen Reporter zu mir, die wissen wollten, wer hinter dieser Stiftung steckte. Ich verstand die ganze Aufregung gar nicht, aber ich erhielt alle möglichen Einladungen – zum Beispiel zum Präsidenten nach Washington und zu den Vereinten Nationen in New York.

Doch von all den neuen Bekanntschaften, die ich machte, bedeutete mir eine am meisten: Eines Tages im August kam eine entzückende junge Frau in meinen Vorgarten. Sie rannte auf mich zu und umarmte mich. „Danke, Miss McCarty", rief sie, „dass Sie mir helfen, aufs College zu gehen!"

Stephanie war die Erste, die ein „Oseola-McCarty-Stipendium" in Höhe von 1.000 Dollar erhalten hatte. Sie hatte ihre Mutter, eine Lehrerin, mitgebracht sowie ihre Großmutter, die als Schneiderin arbeitete, und ihren Zwillingsbruder, der ebenfalls gerade mit dem Studium anfing. Wir saßen alle zusammen auf der Veranda vor meinem Haus und kamen uns sofort wie eine Familie vor.

Stephanie hatte unbedingt studieren wollen, aber da ihr Zwillingsbruder ebenfalls eine Ausbildung brauchte, konnte ihre Familie ihr kein Studium finanzieren. Ihre Zensuren waren gut, aber sie hatte dennoch kein Stipendium bekommen. Trotzdem schrieb sie sich an der Universität ein und ihre Familie bat Gott um Hilfe.

„Herr, du hast versprochen, dass du unsere Gebete erhören wirst", hatte Stephanie gebetet. „Also bitte ich dich, mir zu helfen." Dann bekam sie einen Anruf, und man sagte ihr, dass sie die Erste sei, der das „Oseola-McCarty-Stipendium" gewährt werde.

Ich habe mich riesig gefreut, dass ich Stephanie helfen konnte, und ich habe ihr gesagt, dass ich unbedingt bei ihrer Abschlussfeier dabei sein möchte. Jetzt ist es fast so, als hätte ich eine Enkelin.

Es überrascht mich immer wieder, wenn die Leute mich fragen: „Miss McCarty, warum haben Sie das Geld denn nicht für sich selbst ausgegeben?" Dann lächle ich nur als Antwort.

Ich gebe es ja für mich aus – dem lieben Gott sei Dank.

Schnell erschwindelter Reichtum verliert sich, langsam erarbeiteter vermehrt sich.

Sprüche 13,11 (GN)

Ein wohlwollendes und gütiges Herz ähnelt Gott am meisten.

Robert Burns

Grüne Tinte

Laura L. Smith

Der Weihnachtsrummel hatte wieder begonnen. Ich öffnete einen ganzen Stapel Post und warf einen flüchtigen Blick auf Fotos, die mir Freunde und Bekannte von ihren Kindern geschickt hatten, während meine vierjährige Tochter das Lied „Der kleine Trommler" für ihre Weihnachtsaufführung im Kindergarten übte. Meine Gedanken drehten sich um Keksrezepte und Weihnachtslieder – bis ich plötzlich erstarrte.

Ich blickte auf den Brief in meiner Hand und rang nach Atem. Meine Wangen und Ohren begannen zu glühen, als sei ich gerade aus der Kälte in ein geheiztes Haus gekommen.

In dem Umschlag war keine Weihnachtskarte. Stattdessen wurde mir von vier Geschwistern mitgeteilt, dass ihre geliebte Mutter gestorben war – Helen Tibbals, eine ganz besondere Frau. Tränen strömten über mein Gesicht, als mir klar wurde, dass die Welt einen Menschen verloren hatte, der eigentlich mehr wie ein Engel gewesen war. Und dann lächelte ich, weil Helen nun endlich dort angekommen war, wo sie immer schon hingehört hatte. Wenn ich daran dachte, was man mir von ihr erzählt hatte, dann schien es mir, als sei sie auch geradewegs aus dem Himmel gekommen.

Es war 47 Jahre her, dass Helen das erste Mal das Wohnzimmer meiner Großmutter betreten hatte. Meine Mutter hatte mir diese Geschichte immer wieder erzählt. An der Tür des kleinen Hauses, in dem meine Mutter mit ihren vier Geschwistern lebte, hatte es geklopft, und auf der Schwelle hatte eine schlanke rothaarige Frau mit ihrem

Sohn gestanden. Erstaunt hatte Mutter zugesehen, wie diese beiden Fremden nun ein Paket nach dem anderen hereintrugen und in ihrem Wohnzimmer abstellten. Es waren lauter Weihnachtsgeschenke, die in rotes Geschenkpapier gewickelt waren. Auf weißen Schildchen stand mit leuchtend grüner Tinte, für wen das jeweilige Geschenk bestimmt war. Außerdem brachten die beiden Überraschungsgäste noch einen Tannenbaum, bunte Lichterketten und Glasschmuck, sodass das schlichte Zimmer plötzlich in einem Glanz erstrahlte, als ob man einen Schwarz-Weiß-Fernseher mit einem Farbfernseher vertauscht hätte.

Die Frau in dem grünen Seidenkleid stellte sich und ihren Sohn vor. Sie hießen Helen und Todd Tibbals und gehörten zu derselben Kirche, in die Mutters Familie ging. Helen erklärte, dass sie einen Zettel von dem Weihnachtsbaum gepflückt hatte, der im Eingangsbereich der Kirche stand. Auf diesem Zettel hatte der Name von Mutters Familie gestanden.

Auf Helens Gesicht lag ein strahlendes Lächeln. Ein verheißungsvoller Pfefferminzgeruch verbreitete sich, als sie die Schachtel mit den Zuckerstangen öffnete und Mutter und ihre Geschwister aufforderte, gemeinsam mit ihr den Tannenbaum zu schmücken. Während alle damit beschäftigt waren, erkundigte sie sich so interessiert nach den Kindern, als seien es ihre eigenen.

Helen war selbst ein Weihnachtsgeschenk und mit der Zeit wurde sie Teil der Familie. Solange meine Mutter und ihre Geschwister zur Schule gingen, schenkte Helen ihnen regelmäßig Schulutensilien, neue Kleidung und Schokolade. Sie schickte sie sogar jeden Sommer ins Ferienlager. Als meine Großmutter dann mit einer Krebserkrankung zu kämpfen hatte, brachte Helen ihr Süßigkeiten und Zeitschriften und kümmerte sich um sie wie um eine leibliche Schwester. Während meine Mutter, meine Tante und mein Onkel auf dem College waren, konnten sie sich darauf verlassen, dass regelmäßig Post von Helen eintraf. Für diese Briefe benutzte sie stets ihren unverkennbaren grünen Füller. Helen war bei der Beerdigung meiner Großmutter, der Abschlussfeier meiner Mutter und der Hochzeit meiner Eltern dabei.

Später weitete sie ihre Großzügigkeit auch auf die nächste Generation aus und adoptierte meinen Bruder und mich als ihre Enkel. Jeden Sommer lud sie uns zu sich nach Hause zu einem Fest ein. Und an jedem Geburtstag trafen Pakete bei uns zu Hause ein, die mit einem grünen Stift beschriftet waren.

Als mein Mann Brett von der Arbeit nach Hause kam, war ich immer noch traurig. Ich nahm einen Topf vom Herd, stellte ihn ins Spülbecken und hob unseren kleinen Matt hoch, der seine Händchen nach mir ausgestreckt hatte. Dann zeigte ich auf den Brief, der einige Tränenspuren aufwies.

Brett legte seine Schlüssel weg und las den Brief. Tröstend schloss er mich in seine Arme, und nach einer Weile gelang es mir, tief durchzuatmen und zu lächeln.

„Liebling, könntest du dieses Jahr noch einen weiteren Zettel von dem Weihnachtsbaum in unserer Kirche abnehmen?" Ich schluckte den Kloß in meiner Kehle hinunter und fuhr fort: „Helen ist im Leben meiner Mutter aufgetaucht, indem sie ihren Namen von einem Baum gepflückt hat. Ich würde gern ihrem Beispiel folgen." Eine Träne rollte meine Wange hinunter, und dann noch eine.

„Klar doch." Er lächelte und küsste mich auf die Nasenspitze.

Am nächsten Tag kam Brett nach Hause und zog zwei gelbe Zettel aus der Tasche seines Anoraks. Die Zettel hatten die Form eines Fausthandschuhs.

„Da stand, dass man seinen Namen auf die Hälfte schreiben soll, die am Baum bleibt, damit die Gemeindeleitung weiß, wer etwas schenken möchte", erklärte Brett, während er seine Aktentasche auf einen Stuhl legte. „Ich vermute mal, das machen sie, damit niemand übersehen wird."

Ich nickte und trocknete meine Hände am Küchenhandtuch ab.

„Auf unseren Zettel habe ich ‚B. Smith' geschrieben", sagte er und hielt einen der kanariengelben Zettel hoch.

Ich ging auf ihn zu.

„Und auf diesen Handschuh hier", die blauen Augen meines Mannes funkelten, „habe ich ‚H. Tibbals' geschrieben – mit grüner Tinte."

Ich bete nun, dass der Glaube, den wir miteinander teilen, in dir zunimmt, indem du erkennst, wie viel Gutes wir in Christus haben.

Philemon 1,6 (NL)

Die Männer und Frauen,
deren Freude am ansteckendsten ist,
sind Menschen, die sich über andere
Gedanken machen und ihnen dienen,
so sehr, dass sie sich selbst vergessen.

Robert J. McCracken

Die Pflegerin des Jahrhunderts

Katherine J. Crawford

Letztes Jahr jammerte meine Schwester: „Wäre mir das doch nur früher eingefallen, dann hätte ich die Talkshow-Moderatorin Oprah angerufen. Mutter wäre eine super Kandidatin für ihre Muttertagssendung gewesen. Ich kenne nicht viele Frauen, die 83 sind und ihre Stiefmutter pflegen."

Sie hat recht: Meine Mutter ist eine ganz besondere Frau, und ich bewundere es sehr, wie selbstlos und hingebungsvoll sie sich um meine Großmutter kümmert. Zwar gibt es noch andere Verwandte, die ihr ab und zu unter die Arme greifen – eine Tante lebt gleich nebenan und eine andere nur einen knappen Kilometer entfernt. Aber da die Ehemänner dieser Tanten selbst gesundheitliche Probleme haben, liegt die Hauptlast von Großmutters Pflege auf den Schultern meiner Mutter.

Mutter und ich telefonieren häufig miteinander und jedes Mal sprudelt sie förmlich über vor Neuigkeiten. Sie berichtet in allen Einzelheiten, was sie gegessen haben, wohin ihr letzter Ausflug sie geführt hat und was sie tut, um Großmutter fit zu halten und ihrem Leben ein bisschen Farbe zu geben.

„Heute saß Mama stundenlang am Tisch und sortierte Puzzleteile nach den jeweiligen Farben in verschiedene Häufchen", sagte sie neulich. Ein andermal erzählte sie von ihrem Ausflug ans Meer, wo sie und Großmutter Seelöwen beobachtet hatten. „Allerdings schienen die Seelöwen Mama lange nicht so sehr zu gefallen wie die Rothirsche im Tierpark. Solche großen Tiere mag sie am liebsten."

Bei einem unserer Telefonate beschrieb Mutter die weihnachtlichen Bastelarbeiten, die sie zusammen mit Großmutter anfertigte und anschließend verkaufte. „Zuerst zeichne ich einen Tannenbaum auf eine kleine quadratische Sperrholzplatte und dann bekleben wir diesen Baum mit bunten Glitzersteinchen. Als ich in einer Schublade eine ganze Menge kaputten Modeschmuck gefunden habe, hatte Mama einen Heidenspaß. Sie ordnete die Strasssteine in verschiedene Häufchen und legte die unechten Perlen in eine große Schüssel, bevor sie sich hinlegte und ein Nickerchen machte. Als sie aufstand, meinte sie: ‚Was für hübsche Steine! Sind das nicht wunderschöne Farben?‘ Und dann sortierte sie die Steinchen von Neuem. Dadurch war sie eine lange Zeit beschäftigt.“

Ich konnte mir die zwei grauen Köpfe gut vorstellen, wie sie sich über die farbenfrohen Bastelarbeiten beugten und in gemeinsamen Erinnerungen schwelgten.

Manchmal habe ich ein schlechtes Gewissen, weil ich Mutter nicht dabei behilflich sein kann, unsere liebe Großmutter zu versorgen. Als ich das vor Kurzem zu ihr sagte, meinte sie einfach: „Aber warum soll ich das denn nicht machen? Ich war sechs, als meine Mutter starb. Dann hat Papa Mama geheiratet – sie war erst 23, als sie zu uns kam, und sie hat uns alle sofort in ihr Herz geschlossen. Ich glaube, für sie war das viel schwerer, als es jetzt für mich ist. Wir amüsieren uns nämlich blendend zusammen.“

Hätte ich die Möglichkeit, dann würde ich meiner Mutter einen Preis verleihen und sie zur „Pflegerin des Jahrhunderts“ erklären. Ich finde, dass sie wie Paulus von sich sagen könnte: „Ich habe den guten Kampf gekämpft, ich habe den Lauf vollendet, ich habe den Glauben bewahrt; fortan liegt mir bereit der Siegeskranz der Gerechtigkeit.“

Mutter ist keine Heilige, weil sie sich um Großmutters Bedürfnisse kümmert oder weil sie für sie und mit ihr betet, und vielleicht wird ihre liebevolle Hingabe nie Thema einer Oprah-Sendung sein. Doch die Art, wie meine Mutter sich um andere Menschen kümmert, spiegelt die Liebe Gottes wider. Durch sie haben viele Leute eine Ahnung von Gottes Gnade bekommen.

Braucht meine Mutter eine Auszeichnung oder einen Auftritt im Fernsehen? Wenn ich ihr sagen würde, dass ich ihr am liebsten einen Orden an die Brust heften würde, würde sie bestimmt antworten: „Ach, das ist nicht nötig. Wir werden uns lieber etwas Schönes basteln. Mama kann die Glitzersteinchen sortieren und wir werden uns blendend amüsieren."

Meine Mutter ist ein echtes Juwel. Mit oder ohne Auszeichnung.

Ich habe den guten Kampf gekämpft, ich habe den Lauf vollendet, ich habe den Glauben bewahrt.

2. Timotheus 4,7

Wenn wir uns im Glauben vorwärts wagen
und alles einsetzen, was wir haben,
dann wird Gott es auf mächtige Weise benutzen.
Wie viel ist genug? Immer das, was wir haben – wenn
Gott mit uns ist.

Jane Douglas White

Ein besonderes Vermächtnis

Jennifer Lynn Cary

Ich kannte einmal einen Jungen, der wirklich ein toller Kerl war. In vielerlei Hinsicht war er ein ganz gewöhnlicher Junge: Er hatte eine große Lego-Sammlung und zeichnete liebend gern Flugzeuge und Düsenjäger. Er interessierte sich für Hockey und Ringen, und oft musste seine Schwester herhalten, damit er einen Ringergriff ausprobieren konnte. Mit der Wahrheit nahm er es nicht immer so genau, besonders wenn er dadurch Schwierigkeiten vermeiden konnte. Er war eben ein ganz normaler Junge.

Aber er hatte trotzdem etwas Besonderes an sich. Als er 10 war, gab er Jesus sein Herz, und von da an zeigte sich, dass Gott ihm eine besondere Gabe verliehen hatte: ein großzügiges Wesen.

Eines Tages tat er etwas, was Teenager häufig tun: Er verdiente sich ein bisschen Geld mit Babysitten. Ein Ehepaar, das mit seinen Eltern befreundet war, wollte sich ein Grundstück anschauen, an dem ihre Kirchengemeinde interessiert war. Deshalb baten sie den Jungen herüberzukommen, um mit ihrer neunjährigen Tochter eine Weile zu spielen und fernzusehen. Es dauerte nur eineinhalb Stunden und brachte ihm fünf Dollar ein.

Fünf Dollar sind keine große Summe, doch sie sollten tatsächlich das Leben von mehreren Hundert Menschen verändern.

Am nächsten Sonntag forderte der Pastor die Gemeinde auf, dafür zu beten, dass Gott ihnen half, die richtige Entscheidung zu treffen. Es ging um die Frage, ob sie ein neues Kirchengebäude bauen, das alte renovieren oder einfach alles so lassen sollten, wie es war. Nach dem Gottesdienst kam der Junge auf den Pastor zu und überreichte ihm den Fünfdollarschein. „Egal, was wir machen, wir brauchen Geld dafür. Das können Sie schon mal in die Kasse tun." Der Pastor war tief berührt, denn er hielt ja buchstäblich die erste Antwort auf seine Gebete in der Hand. Seine Freude war so groß, dass er der ganzen Gemeinde von dieser Spende erzählte (was den Jungen überaus verlegen machte). Die Großzügigkeit und der Glaube dieses jungen Gebers rührten die Gemeinde so sehr, dass sie versprach, genug Geld aufzubringen, damit ein neues Kirchengebäude gebaut werden konnte.

Fünf Jahre und viele Gebete später zog die Gemeinde in ein wunderschönes neues Gebäude ein. Allerdings war der Junge nicht mit dabei.

Denn neben seinem großzügigen Wesen hatte er noch ein anderes Merkmal: Er war mit zystischer Fibrose geboren worden und ging mit 15 Jahren heim in den Himmel. Viele Leute aus der Gemeinde hatten für seine Heilung gebetet, und als er gestorben war, hatten sie Gott um Trost für seine Familie gebeten.

Auch ich hatte für die Heilung dieses jungen Menschen gebetet. Ich hatte unzählige Tränen vergossen, während ich zu Gottes Füßen gekniet und um das Leben dieses Jungen gebettelt hatte. Doch Gott sagte Nein. Er hatte einen Plan, der weit über das hinausging, was ich sehen oder verstehen konnte. Das Erdenleben dieses Jungen war zwar kurz, aber äußerst bedeutsam gewesen.

Als der Junge beerdigt wurde, war die Schlange vor dem Gebäude, in dem die Trauerfeier stattfand, so lang, dass der Beginn des Gottesdienstes verzögert wurde. Zusätzliche Stühle wurden geholt und trotzdem bekam immer noch nicht jeder einen Sitzplatz. Viele Leute standen über zwei Stunden lang, um einem Teenager, der sich für nichts Besonderes gehalten hatte, die letzte Ehre zu erweisen.

Es dauerte länger als eineinhalb Stunden, bis jeder zu Wort gekommen war, der bei dieser Trauerfeier etwas über den Verstorbenen erzählen wollte. Ob es nun Fünfjährige oder 95-Jährige waren, dieser besondere Junge hatte viele, viele Menschen berührt.

Heute lebt sein Vermächtnis weiter. Hunderte von Menschen werden jeden Sonntag durch das gesegnet, was er so bereitwillig angestoßen hat, und viele Leute, die das schöne Gemeindegebäude betreten, denken an den Jungen, dessen fünf Dollar Gott vermehrt hat wie die Brote und Fische in der Bibel.

Doch das ist noch nicht alles. Als das Fundament des Gebäudes gelegt wurde, hat man einige Gebete dieses Jungen in den Zement geritzt, und diese Gebete sind heute noch zu sehen, wenn man die Teppiche zur Seite zieht. Sein Vermächtnis soll Mut machen und uns an Gottes Gnade erinnern.

Gott hat einen ganz gewöhnlichen Jungen gebraucht, um viele Menschen durch ihn zu segnen. Und obwohl dieser Junge bereits in seinem ewigen Zuhause angelangt ist, berührt Gott durch ihn immer noch viele Herzen. In dem Gebäude, das sich der Junge nur in seiner Fantasie ausmalen konnte, wirkt Gott im Leben zahlreicher Menschen. Sein Vermächtnis wird weiterleben und es wird mir immer besonders lieb und wert sein. Ich bin dankbar, dass ich das Vorrecht hatte, eine enge Beziehung zu ihm zu haben, auch wenn sie nur so kurz gewesen ist. Wenn meine Zeit gekommen ist und der Herr mich heim ruft, werde ich diesen Jungen wiedersehen. Diese Zuversicht macht mir Mut.

Vielleicht klingt diese Geschichte wie ein rührseliger Film, doch jedes Wort davon ist wahr. Ich muss es wissen, denn der Junge heißt Ian, und er ist mein Sohn.

„Es ist ein kleiner Junge hier, der fünf Gerstenbrote und zwei Fische hat. Aber was ist dies unter so vielen?" ... Jesus aber nahm die Brote, und als er gedankt hatte, teilte er sie denen aus, die da lagerten; ebenso auch von den Fischen, so viel sie wollten.

Johannes 6,9.11

Die frostigen Episoden meines Lebens sind meistens Zeiten, die ein tieferes Verständnis dafür hervorrufen, wofür du mich bestimmt hast, o Herr.

Penny Tressler

Eine Tasse Hoffnung

Beverely Hill McKinney

Hätten Sie gedacht, dass es eine heilsame Erfahrung sein kann, mit jemandem eine Tasse Tee zu trinken?

Jackie Henry, die nach dem Tod ihres Mannes einen „Teetassen-Dienst" für Witwen ins Leben gerufen hat, weiß, wie viel Ermutigung und Trost bei einer Tasse Tee fließen können.

„Für mich ist die Teetasse ein gutes Symbol, weil das wirklich alles ist, was man braucht, um einer trauernden Frau beizustehen: eine Tasse Tee und ein Ohr, das aufmerksam zuhört", sagt sie. „Tee schafft eine besondere Atmosphäre. Er ist warm, einladend und wohltuend. Die Teetasse steht für Anteilnahme und Freundschaft. Unser Dienst soll einladend, mitfühlend und ermutigend sein."

Nach 28 Ehejahren, in denen sie zwei Kinder großgezogen hatten, starb Jackies Ehemann nach langer Krankheit. Sie erinnert sich: „Ich fühlte mich, als ob man mich in eine andere Welt versetzt hätte. Es gab kein Handbuch darüber, wie man als Witwe leben soll. Es gab kein ,Wir' mehr, nur noch ein einsames ,Ich'. Überall sah ich Dinge, die mich an meinen Mann erinnerten: Bilder, Reiseandenken, meinen Ehering. Mein Gemütszustand schwankte dauernd zwischen dumpfer Betäubung und abgrundtiefer Verzweiflung."

Auf einmal musste Jackie sich mit Dingen beschäftigen, um die sie sich früher nie gekümmert hatte: die Instandhaltung des Hauses, Reparaturen, das Auto, Gartenarbeit und die wachsenden Stapel von Rechnungen. Sie war vollkommen überfordert. „Manchmal wusste ich mitten im

Satz plötzlich nicht mehr, was ich sagen wollte. Ich hing völlig in der Luft."

An einem schicksalhaften Morgen hatte sie während ihrer täglichen Andacht das Gefühl, als würde Gott sie auf mehrere Bibelverse aufmerksam machen, einschließlich Klagelieder 3,22-23: „Ja, die Gnadenerweise des Herrn sind nicht zu Ende, ja, sein Erbarmen hört nicht auf, es ist jeden Morgen neu. Groß ist deine Treue." Dieser Text regte sie dazu an, den neuen Tag in Gottes Hände zu legen und darauf zu vertrauen, dass er ihr in ihrer Trauer beistehen würde.

Obwohl ihr eher danach zumute war, zu Hause zu bleiben und im Selbstmitleid zu baden, entschied sie sich, einige Weihnachtseinkäufe zu erledigen. Sie war selbst überrascht, als sie sich schließlich in einem Restaurant wiederfand, in das sie bisher kaum gegangen war.

Während sie an der Theke darauf wartete, dass der Kellner sie zu einem freien Tisch führte, kam sie mit einer Frau neben ihr ins Gespräch. „Sie hat mir sofort erzählt, dass ihr Mann sie wegen einer jüngeren Frau verlassen habe und dass sie keinen Sinn mehr in ihrem Leben sehe", erinnert sich Jackie. „Da sie sich so einsam fühlte, fragte sie mich, ob ich mit ihr essen wolle."

Bei diesem gemeinsamen Essen wurde Jackie klar, dass Gott höchstpersönlich ihr diese Fremde über den Weg geschickt hatte. Sie erzählte der Frau von Gottes Liebe und fragte, ob sie für sie beten dürfe. Nach dem Gebet tauschten die beiden Frauen ihre Telefonnummern aus und verabschiedeten sich.

Dieses Erlebnis lehrte Jackie, dass sie nicht die Einzige war, die einen Verlust erlitten hatte, auch wenn sie sich oft mutterseelenallein vorkam. Gott wollte sie führen und trösten, und es gab viele andere Frauen, die ihre Ermutigung und ihren Trost genauso brauchten, wie sie Ermutigung und Trost von anderen nötig hatte.

Plötzlich fielen ihr überall Witwen und einsame Frauen auf: in ihrer Straße, im Nachbarort und in der Kirche. Und während sie sich durch ihren Trauer- und Heilungsprozess hindurchkämpfte, wurde der Wunsch in ihrem Herzen immer stärker, anderen Gottes Liebe auf eine besonders einfühlsame und tröstliche Weise zu vermitteln. Sie entdeckte, dass es Gott ein Herzensanliegen ist, Witwen zu helfen.

Innerhalb weniger Jahre konkretisierte sich der Gedanke, einen Dienst für Witwen ins Leben zu rufen, durch den sie erfahren sollten, dass sie nicht allein sind und immer noch eine Zukunft haben.

Jackie sagt, der „Teetassen-Dienst" mache es sich zum Ziel, „Witwen eine Tasse Hoffnung anzubieten. Nach dem Tod des Ehemanns knüpfe ich den Kontakt, indem ich der Witwe eine Geschenkschachtel mit einer Teetasse vorbeibringe und sie in unserer Gruppe willkommen heiße. Ich besuche sie, und während wir zusammen Tee trinken, höre ich einfach zu und lasse sie erzählen, wie es ihr geht. In den darauffolgenden Wochen schicke ich ihr dann immer mal wieder eine ‚Ich-denk-an-dich'-Karte mit einem Teebeutel dabei."

Die „Teetassen-Damen" veranstalten alle möglichen Treffen, beispielsweise einen Weihnachtsbrunch mit Wichteln und einer kurzen Andacht darüber, dass man sich auch auf andere Weise beschenken kann: mit gemeinsam verbrachter Zeit, einem Lächeln oder einem Anruf. Für den Valentinstag dieses Jahres hatte Jackie ein Treffen geplant, das unter dem Motto stand: „Gottes Liebe feiern". Es erinnerte jede der Frauen daran, wie sehr Gott sie liebt.

Jackie verschickt außerdem einen umfangreichen Rundbrief, um auch auf diese Weise den betroffenen Frauen Worte der Ermutigung zuzusprechen. Der Brief enthält Namen und Telefonnummern, und Jackie fordert die Leserinnen auf, „sich ungefähr einmal pro Woche gegenseitig anzurufen. Man weiß nie, wann jemand es gerade nötig hat, eine liebe Stimme und freundliche Worte zu hören."

Nachdem Jackie 9 Jahre allein verbracht hatte, schickte Gott einen wunderbaren Partner in ihr Leben. Larry, ihr zweiter Mann, unterstützt sie in ihrem Dienst. Er hilft bei der Planung und Durchführung von Veranstaltungen mit, singt Soli und hält Andachten.

Obwohl sie inzwischen wieder viel Schönes erlebt hat, hat Jackie nach wie vor ein Herz für Trauernde. Sie ist gepackt von Gottes Mitgefühl und brennt darauf, Witwen und anderen einsamen Frauen von Gottes Liebe zu erzählen.

Vor Kurzem kam eine verwitwete Frau auf sie zu, die sie zu einem Treffen eingeladen hatte. Sie sagte: „Vielen Dank, dass Sie so beharrlich waren und meinten, dass ich es doch wenigstens mal versuchen sollte. Es hat mir wirklich gutgetan. Niemand hat mir so viel Mut gemacht wie Sie. Danke, dass ich Ihnen nicht gleichgültig war. Sie haben mir geholfen, diese schwierigen Festtage zu überstehen, und ich freue mich schon auf unser nächstes Treffen."

Diese Worte sind für Jackie eine wunderbare Bestätigung. Es gibt für sie kaum etwas Schöneres, als miterleben zu dürfen, wie Tränen der Trauer einem Lächeln der Hoffnung weichen. Und sie freut sich, wenn sie die Gelegenheit hat, einem bekümmerten Herzen Gottes Trost nahezubringen.

Tröstet, tröstet mein Volk!, spricht euer Gott.

Jesaja 40,1

*Ein außergewöhnlicher Dienst basiert nicht auf
außergewöhnlichen Begabungen,
sondern auf der Bereitschaft, alles, was wir haben,
Gott zur Verfügung zu stellen.*

Frederick William Robertson

Wer Gottes Gnade erlebt hat, rechnet damit, dass erstaunliche Dinge geschehen

Denn wir sind sein Gebilde, in Christus Jesus geschaffen zu guten Werken, die Gott vorher bereitet hat, damit wir in ihnen wandeln sollen.

Epheser 2,10

Nichts verändert Menschen so, wie die Gnade es tut. Sie reinigt uns von den Fehlern der Vergangenheit und befähigt uns, von nun an so zu leben, wie es Gott gefällt. Und sie überrascht uns, weil wir nicht mit ihr gerechnet haben.

Wenn jemand genau das bekommt, was er verdient hat, so erstaunt uns das nicht sonderlich, denn das ist ganz normal. Die Gnade setzt sich jedoch über dieses Prinzip von Ursache und Wirkung hinweg, indem sie den Menschen schenkt, was sie *nicht* verdient haben. Dieser Überraschungseffekt ist eine ganz wesentliche Eigenschaft der Gnade. Getrieben von einer herzlichen Liebe und nicht von kalter Berechnung tut sie immer wieder etwas, was wir nicht erwartet haben.

Wenn Gnade durch Ihr Leben strömt und in Ihr Umfeld fließt, dann seien Sie auf alles gefasst. Vielleicht werden Sie tatsächlich ein Wunder erleben!

Gott liebt uns und sorgt für uns,
selbst in den unbedeutendsten Angelegenheiten
und kleinsten Bedürfnissen.

Henry Edward Manning

Das Wunder im Ochsenstall

David Jeremiah

Vollbringt der Gott der Bibel immer noch Wunder? Bewirkt der Mann aus Nazareth immer noch das Unmögliche? Fragen Sie doch einmal die Missionarin Bertha Smith. Als sie nach China kam, ließ sie sich in dem Dorf Tsining nieder, konnte dort zunächst aber keine andere Unterkunft finden als den Ochsenstall eines Bauern.

Das Schlimmste waren die Fliegen, die besonders lästig waren, wenn Bertha etwas essen wollte. An regnerischen Tagen waren sie eine richtige Plage: Stubenfliegen, Pferdefliegen, schwarze Fliegen und grüne Fliegen, fette Fliegen und winzige Fliegen. Sie machten Bertha fast wahnsinnig.

Eines Nachmittags sprach sie darüber mit Gott. „Ich bin eins deiner verwöhnten Kinder", betete sie. „Mein ganzes Leben lang habe ich in sauberen Häusern gewohnt und appetitliches Essen bekommen. Jetzt kann ich mich einfach nicht dazu überwinden, etwas zu mir zu nehmen, wenn so viele Fliegen auf meinem Essen sitzen. Damals in Ägypten hast du eine Fliegenplage kommen und wieder verschwinden lassen. Du bist heute immer noch derselbe, und du kannst so etwas noch einmal tun, wenn es nötig ist. Lass doch bitte entweder die Fliegen verschwinden oder mach, dass ich trotz der Fliegen essen kann und mich nicht an ihnen störe. In diesem Fall solltest du bitte auch dafür sorgen, dass mir die Krankheitskeime nicht schaden, die sie wahrscheinlich auf mich übertragen werden. Was auch immer dir lieber ist, ich gebe mich gerne damit zufrieden!"

Ihrer eigenen Aussage zufolge flog von dem Moment an keine einzige Fliege mehr in den Ochsenstall – während der ganzen fünf Tage, die sie dort noch verbrachte. Offenbar hatte Gott ein himmlisches „Flugverbot" aufgestellt.

Doch wie sie in ihrer Autobiografie schreibt, war das nicht das größte Wunder, das sich während ihrer Zeit in Tsining ereignete. „Bestimmt würden Sie Gottes Eingreifen in Bezug auf die Fliegen auch als ein Wunder bezeichnen", schreibt sie, „aber ich kann Ihnen von einem noch größeren erzählen!" Dann schildert sie, wie die Dorfbewohner durch die Kraft Jesu Christi verändert wurden, wie sie sich von ihren Götzen abwandten, um dem wahren und lebendigen Gott zu dienen, und wie der Herr sie gebrauchte, um die Bewohner von Tsining zu sich zu ziehen.

„Als diese Menschen durch Gottes Geist neu geboren wurden", erklärt sie, „war das das größte von allen Wundern, die es auf Erden gibt. ... Fliegen sind ihrem Wesen nach Gott nicht feindlich gesonnen. Wenn dagegen ein Mensch erkennt, dass er die Hölle verdient hat, seine Schuld eingesteht und sich freiwillig von der Sünde abwendet und Christus als seinen Herrn wählt, dann ist das ein Wunder!"

Hat Gott schon einmal ein Wunder für Sie getan? Hat seine übernatürliche Kraft Ihr Leben berührt? Durch Jesus Christus hat sich das Wunder eines neuen Lebens in Ihnen ereignet: die Auferstehung vom Tod zum Leben. Sie wurden nicht übersehen. Das Leben als Christ ist in jeder Hinsicht übernatürlich und alle Kinder Gottes haben Wunder erlebt. Alle seine Kinder *sind* Wunder.

Daher, wenn jemand in Christus ist, so ist er eine neue Schöpfung; das Alte ist vergangen, siehe, Neues ist geworden.

2. Korinther 5,17

Abhängigkeit von Gott verwandelt gewöhnliche Menschen wie Sie und mich in Helden.

Bruce Wilkinson

Ein verzweifelter Hilferuf

Loretta Leath mit Nanette Thorsen-Snipes

Als mein Mann Randall sich verabschiedete, um mit einem Freund Billard spielen zu gehen, kochte ich innerlich. Er gab Geld aus, das wir nicht hatten, und außerdem war sein Platz zu Hause bei mir. Wie hätte ich auch ahnen sollen, was an jenem Abend geschehen würde? Randalls Freund fuhr mit seinem Auto gegen einen Baum und ließ meinen Mann, der schwer verletzt war, einfach im Stich.

Einige Zeit später klingelte das Telefon, und ich nahm an, dass Randall mich von der Billardhalle aus anrief, um mir zu sagen, dass es etwas später werden würde. Stattdessen hörte ich eine Frauenstimme, die mir in ernstem Ton mitteilte: „Mrs Leath, Ihr Mann hatte einen Unfall. Sie müssen sofort ins Krankenhaus kommen."

Bestürzt rief ich meine 18-jährige Tochter Lita an, damit sie mich ins Krankenhaus begleiten konnte. Die Nacht war schwärzer als Teer. Regenwolken verdeckten den Mond, und man konnte kaum erkennen, wo die Landstraße aufhörte und der Kiefernwald anfing. Die Scheinwerfer unseres Autos glitten über eine Unfallstelle, wo sich ein Wagen förmlich um einen Baumstamm gewickelt hatte. Doch anzuhalten und zu helfen kam nicht infrage. Randall war verletzt und wir mussten zu ihm. Wir konnten ja nicht wissen, dass er genau an dieser Stelle verunglückt war.

In der Notaufnahme führte mich eine Krankenschwester zu meinem Mann. Als ich sein geschwollenes, schlimm zugerichtetes Gesicht sah, war ich entsetzt. *Nein, das ist nicht Randall!*, schrie es in mir. Es kam mir so vor, als sei ich in einen Albtraum geraten. Vorsichtig griff ich nach dem Handgelenk des Verletzten und las den Namen auf dem Armband. Doch, es war wirklich mein Mann, und dies war kein Albtraum, sondern die grausame Wirklichkeit.

Nachdem Randall auf die Intensivstation gebracht worden war, stellte ich mich ans Fußende seines Bettes und versuchte zu begreifen, was geschehen war. Da berührte jemand meinen Arm und ich fuhr zusammen. „Mrs Leath", sagte der Arzt, „Sie müssen sich darauf gefasst machen, dass er diese Nacht vielleicht nicht überleben wird."

Meine Gedanken überschlugen sich. *Warum sollte er die Nacht nicht überleben? Er kann doch nicht sterben! Er kann mich nicht verlassen!*

Als könne der Arzt meine Gedanken lesen, sagte er: „Jeder Knochen in seinem Gesicht ist gebrochen und seine Schulter ist ausgerenkt. Wir wissen noch nicht, was sonst noch gebrochen oder verletzt ist, weil wir noch nicht alle notwendigen Untersuchungen durchführen konnten."

Ich schlug die Hände vors Gesicht, um einen Schrei zu unterdrücken. Dann nahm ich Randalls Hand und hielt sie fest. „Ich bin hier, Randall." Es kam keine Antwort, nur mühsames Atmen.

Zu meiner großen Erleichterung überstand Randall die Nacht. Am nächsten Tag machten sich die Ärzte und Krankenschwestern hektisch an ihm zu schaffen, und ich bekam mit, dass er in den OP-Saal gebracht werden sollte. Wegen der zerschmetterten Knochen in seinem Gesicht konnte er nur sehr mühsam atmen. Doch die beiden Ärzte, die ihn behandelten, wollten ihn nicht intubieren, weil sie befürchteten, dass es ihm schaden könnte.

Ich begleitete Randall auf dem Weg zum OP-Saal. Da sagte einer der beiden Ärzte plötzlich: „Wir müssen ihn ins Johns-Hopkins-Krankenhaus fliegen lassen. Die sind besser ausgerüstet."

Mein Hals schnürte sich zusammen. „Wir ... wir sind aber nicht krankenversichert." *Wie sollen wir die Miete bezahlen? Und alles Übrige? Wir haben kein Geld, um für so eine kostspielige Behandlung aufzukommen.*

Nachdem alles Notwendige veranlasst worden war, um Randall zu helfen, saß ich 12 Stunden lang im Krankenhaus und wartete. Mir war übel vor lauter Sorge. Ich wollte beten, doch ich kannte Gott eigentlich gar nicht, weil ich mich schon als Kind von ihm abgewandt hatte.

Während ich so dort saß, blätterte ich ziellos durch eine ausliegende Bibel und stieß auf die Psalmen. Eine Stelle in Psalm 86 zog mein Augenmerk auf sich: „Darum höre jetzt meine Bitte; Herr, achte auf meinen Hilferuf! In meiner Not schreie ich zu dir; du wirst mir Antwort geben" (V. 6-7; GN).

Gott, bist du da? Kannst du mich hören? Ich möchte beten, aber ich weiß nicht, wie. Religiöse Begriffe waren mir fremd, also betete ich einfach so, als sei Gott mein Freund. Ich flüsterte in die Stille hinein: „Randall ist ein guter Mensch, Herr, und ich weiß, dass du ihn liebst. Ich liebe ihn auch. Bitte nimm ihn mir nicht weg."

Fast im selben Augenblick schien es, als würde Gott seine Arme um mich legen und mich an sich drücken. Ich war nicht mehr allein. Gott war da. Zwar wusste ich nicht, wie sich die Dinge entwickeln würden, aber ich war mir ganz sicher: Gott würde bei mir sein.

Randall blieb eine ganze Woche lang bewusstlos.

Während dieser Zeit hatte ich keine Ahnung, wie es weitergehen würde und wie wir finanziell zurechtkommen würden. Doch Gott gab mir ein solches Gefühl der Geborgenheit, dass ich mir keine Sorgen mehr darüber machte, ob ich mit meinen abgefahrenen Reifen überhaupt noch ins Krankenhaus fahren konnte oder ob ich noch genug Geld zum Einkaufen hatte. Ich betete einfach: *Rette meinen Mann.* Die Ärzte sagten, dass dazu ein Wunder nötig sei.

Ohne dass ich es wusste, schickte der Freund meiner Tochter jemanden aus seiner Kirche ins Krankenhaus, um für Randall zu beten. Von da an kam der Pastor fast jeden Tag. Als die Gemeinde von unserer Notlage erfuhr und anbot, für unsere Miete und alle übrigen Kosten aufzukommen, flüsterte ich Gott ein verblüfftes Dankeschön zu. Es war unglaublich, aber diese netten Leute bezahlten alle unsere Rechnungen, bis Randall Monate später wieder zur Arbeit gehen konnte.

Randalls Chef brachte mein Auto zur Werkstatt und ließ neue Reifen aufziehen, damit ich ungefährdet zum Krankenhaus fahren konnte. Menschen, die ich noch nie zuvor gesehen hatte, schenkten uns Obstkörbe und stellten Auflaufformen mit Essen in unseren Kühlschrank. Mein Vorgesetzter beim Reinigungsdienst kaufte Lebensmittel für uns ein.

Blinder Glaube – das war es, was mich dazu bewogen hatte, Gott um Hilfe anzuflehen. Ich war mir ja nicht einmal sicher gewesen, ob es Gott überhaupt gab, und wenn ja, ob er mein Gebet erhören würde. Im Nachhinein frage ich mich allerdings, wie ich das je anzweifeln konnte. Es standen so viele Engel bereit, um meiner Not zu begegnen, als Gott sie dazu aufrief. Er hat sich wirklich um alle meine Bedürfnisse gekümmert.

Die größte Gebetserhörung erlebte ich, als Randall endlich seine Augen aufschlug und mich anblickte. Wegen seiner Verletzungen konnte er nicht reden, doch seine Liebe zu mir spiegelte sich in seinen Augen. Er streckte seine Hand aus und ich ergriff sie. Jetzt war das Wunder, für das ich gebetet hatte, endlich geschehen.

All die Menschen, die sich um uns gekümmert haben, sind ein Teil dieses Wunders gewesen. Gott hat versprochen, dass er mich nicht im Stich lassen würde, und dieses Versprechen hat er gehalten. Mit Hilfe der Menschen, die ihm bereitwillig dienten, hat er mich durch dieses Ereignis ganz nah an sein Herz herangezogen.

Sie schreien, und der Herr hört, aus allen ihren Bedrängnissen rettet er sie.

Psalm 34,18

Bitte Gott um große Dinge.
Du kannst dir nichts ausdenken, was so groß wäre, dass Gott sich nicht wünschen würde,
du hättest ihn um etwas Größeres gebeten.
Bete nicht für Krücken, sondern für Flügel!

Phillips Brooks

Ein Gott, der uns nahe ist

Christy Phillippe

1987 zogen Emory und Carol May in einen kleinen Ort im westlichen Montana, wo sie sich um eine ebenso kleine Gemeinde kümmern sollten. Das Ehepaar stand schon seit über 30 Jahren im vollzeitlichen Dienst für Gott, und beide freuten sich darauf, eine neue Gemeinde übernehmen zu dürfen.

Noch im selben Jahr stürzte Emorys Mutter, die in Florida lebte, sehr unglücklich. Emory und seine Frau fuhren von Montana zu ihr, um eine Woche bei ihr zu bleiben, bis es ihr wieder besser ging. Auf der Heimfahrt schwollen plötzlich Emorys Beine an, und seine Füße fühlten sich an, als laufe er über Glasscherben.

Als sie zu Hause waren, ging Emory sofort zum Arzt. Doch der meinte nur: „Sie haben unterwegs wahrscheinlich zu viel Fast Food gegessen. Das Zeug enthält viel zu viel Salz und verursacht häufig solche Schwellungen."

Doch das war es nicht.

Am Sonntagabend wurde Emory in der Kirche ohnmächtig, und daraufhin brachte ihn seine Frau mit dem Auto zum fast 400 Kilometer entfernten Krankenhaus in Billings, Montana. Dort konnte man nichts Konkretes feststellen.

Ein Mitglied der Gemeinde sagte zu Emory, dass er als Kriegsveteran auch ins Veteranenkrankenhaus in Miles City, Montana, gehen könne. Sobald Emory in der dortigen Ambulanz untersucht worden war, nahm man ihn sofort stationär auf. Die Ärzte sagten, er habe einen bösartigen Tumor in seiner linken Lunge, der inoperabel sei. Ausgerechnet an seinem Geburtstag wurde er für noch weitere

Untersuchungen ins Veteranenkrankenhaus in Salt Lake City verlegt.

„Es tut mir leid, Mr May, aber es wäre ein Wunder, wenn Sie dieses Weihnachten noch erleben würden." Der Arzt bemühte sich zwar, ihm die schlechte Nachricht so schonend wie möglich beizubringen, aber an den Tatsachen konnte er leider nichts ändern.

Eine Gemeinde in Salt Lake City besorgte eine Unterkunft für Carol und stellte ihr ein Auto zur Verfügung. Ihre Gastgeber arbeiteten als Krankenschwester bzw. -pfleger im Krankenhaus, sodass sie sich über Emorys Zustand ausführlich informieren konnten. Leider waren die Untersuchungsergebnisse durchweg niederschmetternd.

Als sie Emory besuchte, erzählte Carol ihm, wo sie untergebracht war. „In der Eile habe ich ganz vergessen, zu Hause meine Bibel einzupacken. Ich habe meine Gastgeber gefragt, ob sie mir eine leihen würden, und sie gaben mir eine alte, zerlesene Bibel, die dem Großvater des Mannes gehört hat. Er war Prediger." Tränen strömten aus ihren Augen, als sie ihm anvertraute, wie sie zu Gott geschrien hatte: „Wo bist du, Gott, und warum passiert das alles?"

Dann sagte sie ihm, sie habe etwas getan, was er oft gemacht hatte, wenn er Gott um ein spezielles Wort gebeten hatte. Sie hatte die Bibel auf den Buchrücken gestellt und auffallen lassen. „Der Bibelvers sprang mir förmlich ins Gesicht, Emory. Ich habe ihn immer wieder gelesen: ‚Bin ich nur ein Gott, der nahe ist, spricht der Herr, und nicht auch ein Gott, der ferne ist?'"

Carol fuhr fort, dass sie in ihrem Zimmer sofort auf die Knie gegangen sei und Gott gebeten habe, dass sein Wille geschehen möge. „Herr, ich weiß, dass du uns nahe bist und Emory heilen möchtest. Bitte gib ihm sein Leben zurück."

Eine Untersuchung nach der anderen ergab dasselbe Resultat: Der Krebs hatte sich schon so weit ausgebreitet, dass Emory keine Überlebenschance hatte. Emorys Herz und beide Lungenflügel waren betroffen. Seine linke Lunge war völlig zusammengefallen und eine Operation stand außer Frage. Die Ärzte zogen zwar verschiedene Therapiemöglichkeiten in Betracht, verwarfen sie aber schnell wieder.

Nach zwei Wochen besserte sich Emorys Zustand jedoch zu jedermanns Erstaunen. Als er eingeliefert worden war, hatte er nicht einmal zur Toilette gehen können; jetzt schaffte er es, fast durchs ganze Krankenhaus zu laufen. Irgendwann erschienen 14 Ärzte in seinem Zimmer und zogen den Vorgang weg, der um sein Bett gespannt war. Der Chefarzt sagte: „Mr May, wir wissen nicht, was passiert ist, aber Ihre Tumore sind verschwunden."

Ohne zu zögern erwiderte Emory: „Tja, dann schätze ich mal, dass Gott mich geheilt hat!"

Emorys vollständige Genesung fand nicht von einem Tag auf den anderen statt; er brauchte noch mehrere Monate lang Ruhe und Erholung. Doch ein Jahr später stieg er mit seinem Sohn auf einen Berg in Waterton Lakes, Alberta, und der Krebs ist nicht zurückgekehrt.

Seither hat es kaum einen Tag gegeben, an dem Emory nicht von Gottes Liebe und Heilungskraft gesprochen hat. Er hat ein Wunder erlebt, ein Wunder, das ihm und seiner Frau bewiesen hat, dass Gott uns nahe ist.

Bin ich nur ein Gott, der nahe ist, spricht der Herr, und nicht auch ein Gott, der ferne ist?

Jeremia 23,23 (LÜ)

Der Himmel ist voller Gebetserhörungen,
nach denen sich keiner zu fragen getraut hat.

Billy Graham

Gebetserhörung auf dem Jahrmarkt

Christy Phillippe

Jedes Jahr im Spätsommer findet im US-Bundesstaat Minnesota ein großer Jahrmarkt statt. Zwölf Tage lang riecht es auf einem riesigen Gelände durchdringend nach Schmalzgebäck, Pommes und Zuckerwatte und man kann die verschiedensten Attraktionen bewundern. Sandra Snider arbeitete schon zum achten Mal auf diesem Jahrmarkt, und zwar war es ihre Aufgabe, mit einem Golfmobil alle möglichen Leute auf dem Jahrmarktsgelände herumzukutschieren: Schausteller, Musiker oder auch Besucher, die sich verlaufen hatten oder ihre Familie nicht wiederfinden konnten. So etwas geschah in dieser großen Menschenmenge nur allzu leicht, denn immerhin kommen jedes Jahr rund 1,7 Millionen Besucher zu dieser Veranstaltung.

Ausgerechnet in dieser Umgebung erlebte Sandra die Macht des Gebets. Eine Freundin hatte ihr erzählt, dass sie Gott immer wieder bat, sie mit Menschen zusammenzubringen, die Gebet brauchten. Sandra wollte diesem Vorbild folgen und entschied sich, während ihrer Arbeit auf dem Jahrmarktsgelände dasselbe zu tun. Sie wollte sich Gott als Werkzeug zur Verfügung stellen. „Schick mir jemanden, der eine Begegnung mit dir braucht", betete sie.

Die Frau, die Sandra als Nächstes über den Weg lief, war eine ältere, ziemlich unangenehme Dame namens Ann, die ihre 32-jährige Tochter aus den Augen verloren hatte. Ann war völlig aus dem Häuschen, und man hätte denken können, ihre Tochter sei erst zwei Jahre alt und nicht 32. Als Sandra sie beruhigen wollte, indem sie sie daran erinnerte, dass ihre Tochter eine erwachsene Frau sei, schnaubte die alte Dame unwillig: „Es spielt doch gar keine Rolle, wie alt sie ist!"

Sandra bekam den Auftrag, Ann zu ihrem geparkten Auto zu bringen. Möglicherweise wartete ihre Tochter dort auf sie oder hatte zumindest einen Zettel an der Windschutzscheibe hinterlassen, um ihr mitzuteilen, wo sie sich aufhielt. Kaum hatte die alte Dame im Golfmobil Platz genommen, wusste Sandra plötzlich, dass sie laut für sie beten sollte. Allerdings war sie keineswegs entzückt von dieser Gelegenheit, Gott zu dienen. *Nicht diese Frau, Herr!*, protestierte Sandra im Stillen. *Sie geht mir auf die Nerven.* Ohne auf den inneren Impuls einzugehen, manövrierte sie das Golfmobil durch das Menschengewimmel.

Als sie bei Anns Auto ankamen, konnten sie dort weder die Tochter noch einen Zettel entdecken. *Am besten bringe ich die Frau zurück zum Informationsschalter. Die sollen dann sehen, wie sie mit ihr fertig werden*, dachte Sandra. Doch die innere Stimme, die sie drängte, für diese Frau zu beten, ließ nicht locker, und schließlich gab Sandra nach.

Sie fragte Ann, ob sie für sie beten dürfe. „Meinetwegen", erwiderte die alte Dame ohne großes Interesse. Daraufhin steuerte Sandra das Golfmobil in einen ruhigen Winkel und stellte den Motor ab. Dann betete sie laut: „Vater, du hast gesagt, dass wir dich um Weisheit bitten sollen, wenn uns Weisheit fehlt. Und du hast versprochen, unsere Gebete zu erhören. Wir brauchen jetzt deine Hilfe, damit Ann ihre Tochter wiederfindet. Herr, du hast gesagt, dass kein Spatz ohne dein Wissen zu Boden fällt. Du hast den Überblick über diese Situation. Bitte schenk Ann deinen Frieden. Ich vertraue darauf, dass du alles wieder in Ordnung bringen wirst, weil du es tun kannst. Amen!"

Während Sandra betete, rutschte Ann unruhig auf ihrem Sitz herum. *Das hat wohl nicht viel Zweck gehabt*, dachte Sandra. *Warum konnte Gott mir nicht eine nettere Person schicken?*

Als die beiden Frauen am Informationsschalter angelangt waren, schlug Sandra der alten Dame vor, dort zu warten. Da ließ Ann plötzlich ihre Handtasche und ihre Jacke fallen und eilte davon, als ob sie verfolgt würde. Sandra blieb nichts anderes übrig, als hinter ihr herzulaufen. Überrascht hörte sie die alte Dame den Namen ihrer Tochter rufen und sah schließlich, wie sie einer jüngeren Frau um den Hals fiel. Und dann erscholl ein Jubelruf, der Sandra völlig verblüffte: „Sie hat gebetet! Sie hat gebetet!"

Nachdem die beiden Frauen Arm in Arm in der Menge verschwunden waren, musste Sandra erst einmal verdauen, was sie gerade erlebt hatte. Sie setzte sich in das Golfmobil, ohne auf die vielen Menschen um sie herum zu achten, und machte sich bewusst, wie wunderbar Gott gerade ihr Gebet erhört hatte. Tränen stiegen ihr in die Augen, als ihr klar wurde, dass zwischen ihrem Gebet und der Wiedervereinigung von Mutter und Tochter nicht einmal fünf Minuten vergangen waren.

Die beiden Frauen waren über vier Stunden voneinander getrennt gewesen und an diesem Tag befanden sich weit über 100.000 Besucher auf dem Jahrmarkt. Wie hoch war die Wahrscheinlichkeit, dass Ann zufällig genau in dem Moment auf ihre Tochter traf, in dem diese in der Nähe des Informationsschalters war? Und konnten sich zwei Menschen auf einem 1,3 Quadratkilometer großen Gelände durch reinen Zufall wiederfinden?

Sandra fragte sich, ob dieses besondere Erlebnis wohl Anns Herz berührt hatte. Hatte dieses Wunder den Glauben in ihr geweckt, dass Gott sich wirklich um sie kümmerte? Gottes Gnade war an jenem Tag deutlich sichtbar geworden, weil ein Kind Gottes es gewagt hatte, ihn um Hilfe zu bitten – mitten auf dem großen Jahrmarkt von Minnesota.

Nahe ist der Herr allen, die ihn anrufen, allen, die ihn in Wahrheit anrufen.

Psalm 145,18

*Für den wahren Gläubigen offenbart ein Wunder
nur jene Kraft und jene Liebe,
die im Verborgenen überall ihr göttliches Werk tun,
im täglichen Brot ebenso wie in der wundersamen
Brotvermehrung.*

Frederick William Robertson

Gottes unsichtbare Fäden

Heidi Shelton Jenck

Meine Tochter wurde kurz nach ihrer Geburt von einem Fremden auf einer schlammigen Straße im westlichen China gefunden. Sie hatte immer noch ihre Nabelschnur am Körper. Der Kindernotdienst rief eine holländische Pflegefamilie vor Ort an und fragte, ob sie das Mädchen mit nach Hause nehmen und versuchen könnten, es am Leben zu erhalten.

Monate später erzählte mir die Pflegemutter, dass dieses kleine Mädchen die ersten Stunden ihres Lebens, in denen sie mutterseelenallein in der Kälte gelegen hatte, nur durch die Gnade Gottes überstanden hatte. Sie nannten sie das „Wundermädchen", weil sie trotz dieses schwierigen Starts wuchs und gedieh.

Als mein Mann und ich uns an den langen Prozess der Adoption machten, wollten wir einfach Gottes Ruf folgen. Ich hatte nicht die leiseste Ahnung, dass sich unser Leben durch eine Reihe von kleinen Wundern dramatisch verändern würde.

Ein altes chinesisches Sprichwort besagt, dass manche Menschen, die sich womöglich gar nicht kennen, durch unsichtbare Fäden miteinander verbunden sind. Für mich sind diese Fäden eine Verbindung, die Gott zwischen Menschen knüpft. In diesem Fall beteten die Pflegeeltern unserer Tochter dafür, dass sich Adoptiveltern für sie finden würden, und bald darauf füllten wir die ersten Formulare aus, um ein Kind aus China zu adoptieren. Wir waren miteinander verbunden, ohne uns zu kennen.

Mehrere Monate nachdem wir uns um ein Adoptivkind beworben hatten, hatte ich eines Tages ein bohrendes

Gefühl, das sich einfach nicht abschütteln ließ. Irgendetwas in mir sagte dauernd, ich solle mir auf der Website unserer Adoptionsagentur die Steckbriefe von Kindern mit besonderen Bedürfnissen anschauen. Ich wusste nicht genau, warum – wir hatten nicht direkt vor, ein Kind mit besonderen Bedürfnissen zu adoptieren –, aber ich sah trotzdem nach. Und da fand ich sie. Ich war so hingerissen von diesem entzückenden kleinen Mädchen, dass ich ihr Bild sofort ausdruckte.

Ich fragte mich, was mein Mann wohl dazu sagen würde, und mir war ein bisschen bange, als ich ihm das Bild zeigte. Dieses Kind zu adoptieren würde einen riesigen Glaubensschritt für uns darstellen. Sie war nicht nur älter, als wir uns ursprünglich unser Adoptivkind vorgestellt hatten, sondern ihr fehlte auch eine Hand. Keiner von uns beiden hatte persönliche oder berufliche Erfahrung mit körperlichen Behinderungen.

Mein Mann schloss die Kleine ebenfalls sofort ins Herz, und so entschieden wir uns, ihr ein Zuhause zu geben.

Sie zu finden war einfach. Doch der Weg zurück war mit schier unüberwindbaren Hürden gepflastert. Die Zahlungsfrist verkürzte sich, die Formulare nahmen scheinbar kein Ende und wir bekamen immer wieder die Tücken der Bürokratie zu spüren.

Oft verlor ich beinahe den Mut und sagte zu Gott, dass ich nicht mehr weiterwusste. Doch jedes Mal, wenn ich aufgeben wollte, passierte ein weiteres kleines Wunder, das uns näher zu unserer Tochter brachte.

Nach monatelangem Planen und Beten kamen wir an einem kalten, regnerischen Wintertag im „Miracle"-Hotel in der Provinz Guizhou an – um dort erst einmal 16 Stunden auf unsere Tochter warten zu müssen. Dann kam sie endlich. Ich öffnete die Tür des Hotelzimmers, und mein Herz jubelte, als ich sie sah. Sie war so unglaublich hübsch, mit vollem dunklem Haar, das ihr in weichen Wellen bis auf die Schultern fiel. Die Pflegefamilie erzählte uns, dass unsere Tochter zu einem aufgeweckten und wissbegierigen Kleinkind herangewachsen sei. Mir war schwindlig vor lauter Glück, und ich stellte erstaunt fest, wie sehr ich sie jetzt schon liebte.

Gott hat uns mit unsichtbaren Fäden mit unserer Tochter, ihrer Pflegefamilie und Dutzenden von neuen Freunden verknüpft, die uns im Laufe des Adoptionsprozesses begegnet sind. Durch unser „Wunderkind" habe ich gelernt, dass es auch für ganz gewöhnliche Menschen kleine Wunder gibt, die unsere Grenzen sprengen.

Gott ist es, der Frieden bringt. Er hat den großen Hirten der Schafe aus dem Reich der Toten heraufgeführt, Jesus, unseren Herrn, durch dessen Blut er den ewigen Bund in Kraft gesetzt hat. Er mache euch fähig, all das Gute zu tun, das er haben will; er schaffe in uns durch Jesus Christus, was ihm gefällt. Ihm gehört die Herrlichkeit für alle Ewigkeit! Amen.

Hebräer 13,20-21 (GN)

Gebet hat mehr bewerkstelligt,
als sich diese Welt erträumen kann.

Alfred Tennyson

Das Wunder auf Station 17

Christy Phillippe

Während des Zweiten Weltkriegs arbeitete Agnes Sandford als freiwillige Helferin für das Rote Kreuz. Sie wurde ins Militärkrankenhaus in Fort Dix, New Jersey, geschickt, in dem verwundete Soldaten behandelt wurden. Agnes bekam einen Rollwagen zugeteilt, auf dem Zigaretten, Comics, Zeitschriften und Süßigkeiten lagen. Diesen Wagen schob sie von einer Station zur nächsten, bot den Patienten an, sich zu bedienen, und begrüßte jeden mit einem aufmunternden Wort.

Da Agnes Christin war, betete sie im Stillen für diese Männer. Auf Station 17 lernte sie dann Frederick kennen, der ein Zimmer für sich hatte, weil er wohl bald sterben würde. Er war so ausgemergelt und zusammengeschrumpft, dass er Agnes wie ein runzliger alter Affe vorkam. Seine Haut war gelb, seine Rippen stachen hervor und er hatte Schläuche in der Nase und Infusionsnadeln in den Armen. Meistens war ein Arzt oder eine Krankenschwester bei ihm.

„Sie sehen aber ziemlich mitgenommen aus", meinte Agnes. (Sie hatte festgestellt, dass die Männer es schätzten, wenn sie ganz unverblümt mit ihnen redete.)

„Kann man wohl sagen", erwiderte er.

„Was fehlt Ihnen denn?", fragte sie, weil sie auf den ersten Blick keine Verletzungen entdecken konnte.

„Blutungen", antwortete er, ohne dadurch viel Licht auf die Sache zu werfen.

Agnes dachte, dass es doch nicht allzu schwer sein könne, so etwas zu heilen, und erzählte ihm von der Kraft Gottes, die ihm zum Leben verhelfen könne. Doch Frederick schien das nicht zu interessieren. Er schloss sogar die Augen und lehnte ab, als Agnes anbot, für ihn zu beten.

„Hören Sie mal", sagte Agnes so bestimmt, dass er die Augen wieder aufschlug. „Wenn Sie mir erlauben, ein kurzes Gebet zu sprechen, werde ich Sie danach in Ruhe lassen und nie mehr auf den Glauben ansprechen, ganz gleich, was das Gebet bewirkt hat. Einverstanden?"

„Okay", sagte der Mann müde und ohne die geringste Begeisterung. Doch als er die Bettdecke zurückzog, erschrak Agnes. Sein Unterleib sah aus, als befinde sich unter einem dünnen Häutchen ein See aus Blut.

„Gedärme rausgefetzt", erklärte er angesichts von Agnes' Bestürzung. „Sie wollten mich eigentlich gar nicht erst vom Schlachtfeld wegtragen, aber ich sagte ihnen, das ist ihre Pflicht."

Frederick war monatelang durch intravenöse Nahrungszufuhr, Medikamente und Aufputschmittel am Leben erhalten worden. Agnes war sich bewusst, dass sie wohl kaum so mutig von Gottes Heilungskraft gesprochen hätte, wenn sie diesen Unterleib, in dem offenbar kein Organ mehr intakt war, gleich gesehen hätte. Aber sie hatte nun einmal angeboten, für ihn zu beten, und jetzt konnte sie keinen Rückzieher machen. Deshalb legte sie ihre Hände ganz behutsam auf seinen Körper, stellte sich den Magen und alle anderen Organe perfekt geformt vor und rief den Herrn um seine Hilfe an.

Nach der Arbeit wandte sie sich an jede Gebetsgruppe, die sie kannte, und bat andere Christen, sie im Gebet für Frederick zu unterstützen. In seinem Fall musste wirklich ein Wunder geschehen, nicht nur eine Beschleunigung des normalen Heilungsprozesses. Agnes wusste, dass nichts Frederick retten konnte außer einem direkten Eingreifen Gottes.

In der darauffolgenden Woche ging Agnes mit Furcht und Zittern zu Fredericks Zimmer. Er schlief jedoch und so trat sie nicht ein. Eine Woche später – also zwei Wochen nach ihrem Gebet – kam sie wieder. Das Zimmer war leer. Frederick lag nicht in seinem Bett, obwohl sein Name immer noch an der Tür stand und seine Sachen überall herumlagen. Agnes ging in den Gemeinschaftsraum der Station, wo sich einige Männer in Rollstühlen aufhielten, doch sie konnte ihn auch dort nirgendwo entdecken. Schließlich fiel ihr Blick auf einen gut aussehenden jungen Mann mit einer gesunden Gesichtsfarbe. Er hatte nicht die geringste Ähnlichkeit mit dem runzligen alten Affen, für den sie in Fredericks Zimmer gebetet hatte. Der junge Mann grinste Agnes vielsagend an.

„Sie sind doch nicht etwa Frederick, oder?", erkundigte sich Agnes.

Sein Grinsen wurde breiter. „Doch, gute Frau, der bin ich", erwiderte er.

Agnes erinnerte sich an ihr Versprechen und erwähnte ihr Gebet deshalb mit keinem Wort. Stattdessen fragte sie lediglich: „Und was haben Sie jetzt vor?"

„Ich denke, ich werde nach Südamerika gehen und mir dort Arbeit suchen", sagte er.

Nach einer Woche wurde er entlassen und Agnes begegnete ihm nicht mehr.

Wenig später hatte sie ein kurzes Gespräch mit einem Militärgeistlichen. Sie erzählte ihm, was mit Frederick geschehen war, weil sie wusste, dass er auf Station 17 gewesen war und den jungen Mann gesehen haben musste.

„Ah, jetzt verstehe ich!", rief der Geistliche erstaunt. „Sobald er aufstehen durfte, kam er jeden Tag bei mir vorbei. Er bat um eine Bibel und wollte alles über Gott und Jesus Christus wissen."

Gott hatte Agnes als sein Werkzeug benutzt, um an Frederick ein Wunder zu tun. Indem sie einen Schritt im Glauben wagte und für seinen zerfetzten Körper betete, wurde sie zu einem Kanal, durch den Gottes heilende Kraft zu Frederick fließen konnte – zu seinem Körper und seinem Geist.

Ihr vertrauensvolles Gebet wird den Kranken retten. Der Herr wird die betreffende Person wieder aufrichten und wird ihr vergeben, wenn sie Schuld auf sich geladen hat. Überhaupt sollt ihr einander eure Verfehlungen bekennen und füreinander beten, damit ihr geheilt werdet. Das inständige Gebet eines Menschen, der so lebt, wie Gott es verlangt, kann viel bewirken.

Jakobus 5,15-16 (GN)

Satan zittert, wenn er den schwächsten Heiligen
auf den Knien sieht.

William Cowper

In Jesu Namen

Christy Phillippe

So einen Anruf möchte wirklich niemand bekommen: Als Mike ans Telefon ging, erfuhr er von einem Freund, dass Debbie, eine gemeinsame Bekannte, im Sterben lag. Sie hatte Leukämie und befand sich in einer Spezialklinik für Krebserkrankungen in Seattle.

Kurz darauf meldete sich auch Debbies Mann und sagte, dass Debbie ins Koma gefallen sei. Die Ärzte schätzten ihre Lebenserwartung auf zwei bis drei Tage. Debbies erwachsene Kinder waren mit dem Flugzeug angereist, um sich von ihr zu verabschieden, und Debbies Mann fragte Mike, ob er kommen und für sie beten könne.

Mike hatte das Gefühl, vor einer riesigen Herausforderung zu stehen. Er bat einen Freund, ihn zu begleiten, und zusammen machten sie sich auf den Weg nach Seattle. Während der Autofahrt gingen Mike alle möglichen Bibelstellen durch den Kopf, und er hoffte inständig, dass es ihm gelingen würde, in dieser traurigen Situation Gottes Liebe weiterzugeben. Aber wofür sollte er beten? Und was sollte er Debbies Freunden und Familienangehörigen sagen? Er wollte ihnen so gern von Gottes Gnade und Kraft erzählen.

Als Mike und sein Freund im Krankenhaus Debbies Familie begrüßt hatten, gingen sie an das Bett der sterbenden Frau. Mike flehte im Stillen, dass Gott ihm die richtigen Worte schenken möge. Da kam ihm die Begebenheit aus der Bibel in den Sinn, bei der Jesus einem hohen Fieber befohlen hatte, von einer kranken Frau zu weichen (siehe Lukas 4,38-39).

Debbie war ein trauriger Anblick. Alle äußeren Zeichen deuteten darauf hin, dass Mike im Begriff war, für etwas völlig Unmögliches zu beten. Doch er folgte dem inneren Impuls, den er gespürt hatte, und bat eindringlich darum, dass Gott Debbie heilte.

Mikes Gebet bestand aus wenigen schlichten Sätzen. Er berief sich auf die Verheißungen in der Bibel und betete einfach im Namen Jesu. Anschließend verabschiedeten sich die beiden Freunde, weil sie nicht wussten, wie sie der Familie sonst noch hätten beistehen können. In den nächsten Tagen dachte Mike immer wieder an Debbie und legte die Situation in Gottes Hand. Er war sicher, dass Gott sein Gebet gehört hatte.

Eine Woche später klingelte Mikes Telefon erneut – und am Apparat war Debbie höchstpersönlich. Sie war aus dem Koma erwacht und hatte die Ärzte gebeten, alle Schläuche und Infusionen zu entfernen. Als sie erfahren hatte, dass Mike sie einige Tage davor besucht und für sie gebetet hatte, war sie sehr erstaunt gewesen.

„Würde es dir etwas ausmachen, noch einmal zu kommen?", fragte sie ihn.

Am folgenden Tag fuhr Mike erneut nach Seattle, um mit eigenen Augen zu sehen, was Gott getan hatte.

Diesen Besuch im Krankenhaus würde er wohl nie wieder vergessen, denn Debbie – munter und guter Laune – erzählte ihm eine unglaubliche Geschichte: Nachdem Mike für sie gebetet hatte, hatte sie drei Tage lang im Koma gespürt, dass ein Engel neben ihrem Bett stand. Am dritten Tag war sie aufgewacht und hatte gewusst, dass Gott sie vollständig geheilt hatte. Als sie untersucht wurde, zeigte sich, dass der Krebs tatsächlich spurlos verschwunden war. Ihre Familie war außer sich vor Freude.

So bekam Mike reichlich Gelegenheit, Debbies Freunden und Familienangehörigen von Gottes Liebe zu erzählen. Nach dieser wunderbaren Heilung nahmen Debbies Sohn und Schwiegertochter Jesus Christus in ihr Leben auf und gehen seitdem voller Freude mit ihm. Und bis heute –

fünf Jahre später – ist der Krebs nicht wieder zurückgekehrt.

Für Debbie und ihre Familie war Mike ein Werkzeug der Gnade Gottes. Durch seinen Glauben an Gottes Souveränität und durch seine Bereitschaft, Gott zu gehorchen, wurde ihr Leben für immer verändert.

Und was ihr bitten werdet in meinem Namen, das werde ich tun, damit der Vater verherrlicht werde im Sohn.

Johannes 14,13

Ich bin ein kleiner Stift in Gottes Hand, der einen Liebesbrief an die Welt schicken möchte.

Mutter Teresa

Wer Gottes Gnade erlebt hat, verändert die Welt

Diese gute Botschaft, die euch erreicht hat, verbreitet sich in der ganzen Welt. Überall verändert sie das Leben der Menschen, so wie sie euer Leben von dem Augenblick an verändert hat, als ihr die Wahrheit über die Gnade Gottes gehört und erkannt habt.

Kolosser 1,6 (NL)

Fragen Sie sich manchmal, ob Sie wirklich dazu imstande sind, die Welt für Gott zu verändern?

In 2. Korinther 12,10 erklärt Paulus: „Deshalb habe ich Wohlgefallen an Schwachheiten, an Misshandlungen, an Nöten, an Verfolgungen, an Ängsten um Christi willen; denn wenn ich schwach bin, dann bin ich stark."

Er musste akzeptieren, dass Gott ihm einen „Stachel im Fleisch" gegeben hatte, der ihn immer wieder an seine menschliche Schwäche erinnerte. Paulus wusste, dass er anderen nur dann authentisch dienen konnte, wenn er selbst mit Schwierigkeiten zu kämpfen hatte. In seinem Leben sollte nicht seine eigene, sondern Gottes Kraft sichtbar werden.

Ein ganz gewöhnlicher Mensch, der von der außergewöhnlichen Gnade eines außergewöhnlichen Gottes ergriffen ist, kann die Welt verändern.

Man muss mit Menschen leben,
um ihre Probleme kennenzulernen;
und man muss mit Gott leben,
um sie zu lösen.

P. T. Forsyth

Englischunterricht für Ausländer

Kathryn Lay

Schon ganz am Anfang unserer Beziehung wusste ich, dass mein Mann den Wunsch hatte, Menschen aus anderen Ländern zu helfen, aber nie hätte ich mir damals träumen lassen, dass wir einmal so viele Einwanderer unterrichten würden!

Vor 9 Jahren begann Richard, sich an einem Abend in der Woche mit zwei Studenten zu treffen, die ihre Englischkenntnisse verbessern wollten. Bald sprach sich am College herum, dass Richard kostenlos Nachhilfe erteilte, und es dauerte nicht lange, bis er mehrere Studenten unter seinen Fittichen hatte. Da er hauptberuflich in der Schule unterrichtete, konnte er sich nur abends um seine Schützlinge kümmern und bat deshalb einen Freund, ihm unter die Arme zu greifen.

Mit der Zeit kamen immer mehr Leute auf uns zu, die Hilfe brauchten. Wir suchten in unserer Gemeinde nach ehrenamtlichen Mitarbeitern und aus den beiden Gruppen „Anfänger" und „Fortgeschrittene" entwickelten sich schließlich vier große Klassen. Innerhalb von sechs Jahren unterrichteten wir über hundert Migranten, die die englische Sprache lernen und mit der amerikanischen Kultur vertraut werden wollten. Durch diesen Dienst unter Menschen aus anderen Ländern bekamen unsere Mitarbeiter viele Gelegenheiten, in den Häusern der Teilnehmer und auf Veranstaltungen von ihrem Glauben zu erzählen. Immer am Ende eines Kurses zeigten wir in den Räumen unserer Kirche den Jesus-Film in sechs verschiedenen Sprachen.

Es gab auch Frauen, die unbedingt Englisch lernen wollten, aber keine Möglichkeit hatten, zu uns zu kommen.

Also richteten wir einen Fahrdienst ein und waren jeden Montag- und Dienstagabend mit zwei oder drei Kleinbussen unterwegs.

Kinderbetreuung war der nächste Schritt, um diesen Familien zu helfen. Unsere Tochter schloss sich der wachsenden Zahl von Leuten an, die kleine Kinder während des Unterrichts betreuten und den größeren bei ihren Hausaufgaben halfen.

Wir konnten miterleben, wie viele unserer Schüler aufgrund ihrer guten Englischkenntnisse bessere Jobs bekamen, leichter Anschluss fanden und sogar die Prüfung bestanden, die sie ablegen mussten, um die amerikanische Staatsbürgerschaft zu erhalten.

„Oh, da ist mein Lehrer!", rief eines Tages eine Frau mitten in einem Kaufhaus. Sie rannte auf uns zu und ergriff die Hand meines Mannes.

„Mr Lay, ich freue mich so sehr, Sie wiederzusehen! Stellen Sie sich vor, ich habe einen Job an einer Schule bekommen und helfe jetzt den Lehrern dort, kleine Kinder zu unterrichten." Ihr Lächeln war so strahlend, als würde sie gerade dem Präsidenten der Vereinigten Staaten die Hand schütteln. „Und das verdanke ich alles nur Ihnen, Mr Lay. Weil Sie mich unterrichtet haben, spreche ich jetzt gut Englisch. Mein Mann ist glücklich und meine Kinder sind stolz auf mich. Ich danke Gott für Sie!"

Dann wandte sie sich mir zu und drückte auch mir die Hand. „Ihnen danke ich ebenfalls ganz herzlich." Nach weiteren Dankesbezeugungen eilte sie zu ihrer Familie zurück, die uns zuwinkte.

Es kommt häufig vor, dass ich montagabends so müde bin, dass ich am liebsten zu Hause bleiben würde. Auch Richard würde sich gern auf dem Sofa ausstrecken, nachdem er den ganzen Tag in der Schule lebhafte Kinder unterrichtet hat. Trotzdem fahren wir jeden Montagabend mit der ganzen Familie zum Gemeindehaus und bereiten alles für den Unterricht vor. Wir machen Kopien, legen die Unterlagen zurecht und sorgen dafür, dass die ehrenamtlichen Mitarbeiter alles haben, was sie für den Unterricht brauchen.

Unsere 12-jährige Tochter hilft schon seit ihrem 8. Lebensjahr mit, jüngere Kinder zu unterrichten. Die Kinder freuen sich, wenn sie kommt, denn sie hat eine echte Begabung, ängstliche Kinder zu trösten und zu beruhigen.

Wir sind dankbar, dass Gott uns mit so vielen Menschen zusammengebracht hat, denen wir ein Stück weiterhelfen konnten. Viele kommen irgendwann wieder auf uns zu und erzählen uns, was wir in ihrem Leben bewirkt haben. Und auch diejenigen, denen wir später nie mehr begegnet sind, wurden durch diesen Dienst von Gottes Liebe berührt, davon sind wir fest überzeugt.

Gerade kommt eine Studentin in mein Büro und ich zeige ihr den Weg zu dem Raum, in dem der Unterricht stattfindet. Weitere Schüler treffen ein. Ihre Kleidung ist anders als meine, ihre Haut ist dunkler und sie sprechen nur gebrochen Englisch. Aber wir begrüßen uns mit einer Umarmung. Nachdem alle sich an ihren Platz gesetzt haben, beginnt eine weitere Unterrichtsstunde, in der Menschenleben verändert werden.

Der Herr hat seinen Sieg verkündet und seine Gerechtigkeit hat er allen Völkern gezeigt!

Psalm 98,2 (NL)

*Ich habe gemerkt: Wenn ich nicht für mein
eigenes Wohl und meine eigene Erfüllung bete, sondern
den Herrn bitte, dass er mich befähigen möge, anderen
etwas zu geben, dann passiert etwas ganz Unglaubliches – meine eigenen Bedürfnisse werden mit einem
Mal auf wunderbare Weise gestillt.*

*Neue Kraft kommt auf Wegen, an die ich nie gedacht
hätte, sowohl für andere und dann, als Nebeneffekt,
auch für mich.*

Elisabeth Elliott

Ein Lied, das Mut macht

Dr. Bella Gentry mit Laurie Klein

In der Flussniederung entlang des Mekong sind die Reisfelder von hoch aufsprießenden Gewächsen und Elefantenohrblättern umrandet. Das Ganze sieht aus wie eine Kinderbuchillustration. Unbefestigte Feldwege, kaum breiter als ein Ochsenkarren, schlängeln sich durch die Landschaft. Vor Jahren folgte ich freudig dem inneren Drang – den ich Gott zuschrieb –, als Ärztin und Missionarin in Kambodscha zu arbeiten und mich um Kinder wie Pait zu kümmern. Als ich Pait zum ersten Mal sah, waren sein Bauch und seine Beine angeschwollen, und er hatte wunde Stellen am ganzen Körper. Das Haus, in dem seine Familie lebte, war auf Stelzen gebaut, und der Fußboden war so durchlöchert, dass eines seiner Geschwister einmal durch ein Loch ins Wasser gefallen und ertrunken war.

Bei meinem ersten Besuch in Paits Zuhause trauerte seine Mutter gerade auch noch um ein anderes Kind, Paits kleine Schwester. Pait brauchte medizinische Hilfe, also nahm ich ihn mit, um ihn zu pflegen. Was ich damals nicht wusste, war, dass er mir „gegeben" wurde. Ich hatte gerade erst angefangen, die Sprache und die Gebräuche des Landes zu lernen, und ich begriff nicht, dass die Mutter glaubte, ich würde ihn für immer behalten. Nachdem ich ihn einige Wochen lang erfolgreich wegen Lungenentzündung, Würmern und der Beriberi-Krankheit behandelt hatte, hatte der kleine Pait schon einige Brocken Englisch aufgeschnappt und war ein richtiges Energiebündel geworden.

Zufrieden schickte ich ihn nach Hause. Doch zehn Tage später kehrte er wieder zurück, ausgehungert und völlig apathisch. Paits Mutter hatte ja schon zwei Kinder verloren, und nun glaubte sie, dass auch er sterben würde, wenn er in ihrer Obhut blieb. Also pflegte ich ihn erneut gesund. Schlussendlich, nach vielen Besuchen und Gebeten, gewann Paits Mutter die Zuversicht, ihn selbst großziehen zu können.

Um solche Herausforderungen zu meistern und den Bedürfnissen meiner eigenen Familie gerecht zu werden, brauchte ich immer wieder die Möglichkeit, innerlich aufzutanken. Deshalb lernte ich die Lobpreiszeiten unserer kleinen Gemeinde schätzen, in denen ich Gottes Nähe spürte und neue Kraft bekam. Ich genoss unsere Gottesdienste in Sway Chroom, wo wir in einem auf Stelzen gebauten Haus gemeinsam sangen und beteten. Der Boden war mit losen Bambusstäben belegt und die Wände bestanden – genau wie in unseren kambodschanischen Wohnhäusern – aus verschiebbaren Elementen, die aus großen Blättern angefertigt worden waren. Anstelle eines Parkplatzes gab es vor unserer Kirche ein Häufchen Flipflops. Es kam immer wieder vor, dass ich meine Flipflops mit denen von jemand anderem verwechselte.

Der September in Kambodscha ist schwül. Die heiße Luft ist so feucht wie der Wasserdampf, der von einem Kochtopf aufsteigt, und sie riecht nach Fisch und nassen Wischlappen. Dieses feuchtheiße Klima raubt einem jegliche Energie. In den ersten Wochen unseres Aufenthalts kam noch der Kulturschock dazu, der einer emotionalen Achterbahnfahrt ähnelte. Manchmal hatten wir solches Heimweh, dass wir es kaum aushielten.

Die Probleme, denen ich mich gegenübersah, erleichterten mir die Eingewöhnung auch nicht gerade. Jeden Tag musste ich darauf vertrauen, dass Gott mir Weisheit schenken würde. Was sollte ich zum Beispiel mit einer todkranken Frau machen, die den ganzen Tag mit ihrem halb verhungerten sechs Monate alten Sohn unterwegs gewesen war, um bei uns Hilfe zu suchen? Als sie zu uns kam, konnte sie kaum noch atmen. Sie stand kurz vor einem Herzversagen, und ihr Unterleib war schrecklich aufgebläht, weil sie monatelang nur Reis mit Salz gegessen hatte.

Ich kümmerte mich um die beiden, bis es ihnen wieder besser ging. Die Mutter, die zu Hause ständig misshandelt und schließlich verstoßen worden war, lief jedoch dann davon und ließ ihren Sohn zurück. Eine Woche später wurde sie von einem Mitarbeiter gefunden, und diesmal blieb sie lange genug bei uns, um wieder völlig gesund zu werden.

Die Armut, die Sprachbarriere, die schwierigen Umstände – all das brachte mich oft an die Grenzen meiner Belastbarkeit. Es gab Momente, in denen ich mir wie Hagar, Ismaels Mutter, vorkam und mich fragte, ob Gott wirklich bei mir war. Warum gab es bei dieser mühevollen Arbeit so wenige Erfolgserlebnisse?

Der Anschlag auf das *World Trade Center* in New York verschlimmerte unsere Situation, weil er eine Heimreise unmöglich machte. Wir waren zwar nicht verzweifelt, aber es war ein beunruhigender Gedanke, dass wir in einem Notfall nicht nach Hause fliegen konnten.

Eines Sonntags erwachte ich von dem üblichen Lärm: Tausende von Insekten surrten in der Luft, die örtliche Brigade von Hähnen krähte und die Mönche in ihren safrangelben Gewändern beteten laut im Chor. Die Sonne schien aus einem strahlend blauen Himmel auf die Reisfelder herab, doch trotz der Schönheit, die mich umgab, war ich an diesem Morgen äußerst niedergeschlagen.

Ich erhob mich von meiner Schlafmatte und schob das Moskitonetz zur Seite. Am Abend vorher hatte ich die Wände nicht geschlossen, damit ich die Sterne sehen konnte, und nun schaute ich blinzelnd in den neuen Morgen. Da drangen unverhofft vertraute Geräusche an mein Ohr: schrille, näselnde Stimmen, der Klang von Keyboard und

Gitarre. Irgendjemand hatte die Lautsprecheranlage für den Sonntagsgottesdienst eingeschaltet. Normalerweise konnten meine Ohren mit der Musik der Einheimischen nicht viel anfangen, aber heute war es anders. Hingerissen lauschte ich der Khmer-Version eines Liedes, das mir viel bedeutete: „Ich liebe dich, Herr."

Die Musik belebte meinen müden Geist, und plötzlich wusste ich wie Hagar damals, dass Gott mich sah und sich um mich kümmerte, auch wenn ich so weit weg von zu Hause war. Glaube und Hoffnung entzündeten sich neu in meinem Herzen, und ich bekam wieder Mut, mich für die Kinder einzusetzen.

Bevor ich zurück in die Staaten flog, sorgte ich noch dafür, dass die verstoßene Frau mit ihrem Sohn bei einer Hilfsorganisation untergebracht wurde und einen Beruf erlernen konnte. Die Frau hatte mich unter Tränen gebeten, ihrem kleinen Jungen einen Namen zu geben. Meine Familie und ich hatten uns für „Tialin Kwikulu" entschieden. In der Sprache der Khmer bedeutet Tialin „Schild" und Kwikulu ist ein afrikanisches Wort für „Glaube an Gott".

Ich hoffte, dass der Glaube an Gott sich wirklich als ihr Schild erweisen würde. Mein Schild ist er auf jeden Fall gewesen.

Fürchte dich nicht, denn ich bin mit dir! Habe keine Angst, denn ich bin dein Gott! Ich stärke dich, ja, ich helfe dir, ja, ich halte dich mit der Rechten meiner Gerechtigkeit.

Jesaja 41,10

Wir müssen einen Schritt weitergehen.
Anstatt Gott zu bitten,
sich um die Angelegenheiten zu kümmern,
die uns das Herz brechen,
sollten wir im Gebet die Angelegenheiten bewegen,
die sein Herz brechen.

Margaret Gibb

Ein Leuchtturm der Liebe Gottes

Jessica Inman

Als Marcia Mitchell ihre kleine Tochter Missy zum ersten Mal sah, war sie entzückt von diesem wunderschönen Baby. Dann erklärten die Ärzte, dass bei Missy eine Form von Albinismus diagnostiziert worden sei, die eine Sehbehinderung zur Folge haben würde. Sie rieten ihr, das Mädchen „mit nach Hause zu nehmen, zu lieben und wie ein normales Kind zu behandeln", was die Eltern auch taten.

Allmählich machten sich Marcia und ihr Mann Phil jedoch immer mehr Sorgen. Marcia wusste, dass die ersten sechs Lebensjahre eines Kindes großen Einfluss auf seine Entwicklung haben und dass ein Kind vieles durch visuelle Reize aufnimmt. Und es gab Anzeichen dafür, dass Missy sich nicht normal entwickelte. Wie sollten sie Missy „wie ein normales Kind" behandeln und fördern, solange sie nicht einmal wussten, wie gut oder schlecht Missy sehen konnte?

Glücklicherweise fand sich ungefähr eine Autostunde von ihnen entfernt eine Hilfseinrichtung, die sich auf Kleinkinder mit Seh- und Hörstörungen spezialisiert hatte. Die Leute dort brachten Marcia bei, wie sie ihr Kind zu Hause fördern konnte, und als Missy das Vorschulalter erreicht hatte, stellten ihre Eltern erleichtert fest, dass sie in ihrer Entwicklung genauso weit war wie gesunde Kinder.

Missys Spielkameradin Sharmon hatte dagegen nicht so viel Glück. Da das Mädchen nicht nur unter einer Sehschwäche, sondern auch noch unter anderen Behinderungen litt, hätte es professionelle Hilfe und Förderung gebraucht. Ihre Eltern hatten jedoch nicht die Möglichkeit umzuziehen, und in ihrer Stadt gab es keine vergleichbare Einrichtung.

Also gingen Marcia und Sheryl, Sharmons Mutter, zu allen Kinderärzten in dieser Gegend und fragten, ob sie eine spezielle Förderung und Therapie für behinderte Kleinkinder anbieten könnten. Einer der Ärzte erwiderte ziemlich schroff: „Wenn Sie hier so eine Einrichtung haben wollen, müssen Sie die schon selbst aufmachen."

Obwohl diese Worte im ersten Moment sehr entmutigend waren, sollten sie sich als prophetisch erweisen. Marcia und Sheryl fühlten sich von Gott dazu geleitet, eine Einrichtung zu gründen, in der behinderten Kleinkindern geholfen werden konnte. Und schon im Herbst desselben Jahres öffnete „The Little Light House" (Der kleine Leuchtturm) seine Türen. In einem kleinen weißen Haus, das zu einem Erholungszentrum gehörte, kümmerte sich eine Therapeutin, unterstützt von fünf freiwilligen Helfern, um fünf Kinder mit besonderen Bedürfnissen.

Der Verein sammelte immer mehr Erfahrung und entwickelte innovative Förderungs- und Therapieangebote für eine ganze Reihe von Behinderungen. Im Laufe mehrerer Jahrzehnte ist diese Arbeit stetig gewachsen und die Mitarbeiter haben viele Wunder erlebt.

Marcia und die übrigen Mitarbeiter des „Little Light House" haben für eine Umgebung gesorgt, in der behinderte Kinder in ihrer Entwicklung gefördert werden. Noch wichtiger ist jedoch, dass die Kinder dort so angenommen und geliebt werden, wie sie sind.

Marty, deren sechsjährige Tochter Avery das Down-Syndrom hat, hatte sich kurz nach Averys Geburt beim „Little Light House" gemeldet und ihre Tochter auf die Warteliste setzen lassen. Die ersten Monate nach Averys Geburt waren eine schwierige Zeit gewesen, die sie überwiegend im Krankenhaus verbracht hatten. Jedes Mal, wenn über die

Zukunft des Kindes gesprochen wurde, hatten die Ärzte ein skeptisches Gesicht gemacht, und die junge Mutter war am Ende ihrer Kräfte. Als Marty der Empfangsdame des „Little Light House" erzählte, dass Avery das Down-Syndrom habe, erwiderte diese: „Oh, da werden Sie ja Ihre wahre Freude an ihr haben! Diese Kinder sind so süß und liebevoll."

Das war das erste Mal, dass jemand außerhalb der Familie etwas Positives über die kleine Avery gesagt hatte. Die Tatsache, dass ihr Kind hier wie ein ganz normaler Mensch behandelt wurde, gab dieser jungen Mutter Hoffnung. Avery wurde auch tatsächlich in das Förderprogramm aufgenommen und entwickelt sich hervorragend. Und die Empfangsdame hat recht gehabt: Sie ist ein ganz liebevolles, bezauberndes und mitfühlendes Kind.

Als die vierjährige Haley im „Little Light House" auftauchte, musste ihre Mutter ständig daran denken, welche Dinge ihre Tochter nie würde lernen können und welche Erfahrungen ihr aufgrund ihrer Behinderung verwehrt bleiben würden. Sie war völlig niedergeschmettert, weil sie das Gefühl hatte, Haley habe keine Zukunft. „Aber", sagt sie, „von dem Moment an, als wir durch die Tür des ‚Little Light House' gingen, wurde unsere ganze Familie dort willkommen geheißen. Wir wurden unterstützt, man hat mit uns gebetet und mit uns gelacht. Die Mitarbeiter dort haben uns geholfen, die Freude an Gottes Schöpfung – unserer Haley – zu entdecken."

Inzwischen hat Haley gelernt, Farben und Zahlen voneinander zu unterscheiden, und ihr Sprachvermögen verbessert sich ständig. Dafür ist ihre Mutter unglaublich dankbar.

Viele Eltern erzählen von ähnlichen Erfahrungen; beispielsweise sagte jemand: „Viele Leute behandeln mein Kind so, als ob es einen Defekt hätte, der zuerst einmal beseitigt werden muss, bevor man es ernst nehmen kann.

Aber hier ist das anders. Hier redet man immer einfach von einem *Kind.*" Wer zum „Little Light House" kommt, ist zuallererst ein Kind und erst in zweiter Linie ein Kind mit besonderen Bedürfnissen.

Das ist es, was diese Einrichtung zu einem Ort der Gnade macht. Hier werden Kinder, die ansonsten in ihrer Entwicklung hinterherhinken würden, nicht nur gefördert, sondern auch wertgeschätzt. Kinder mit besonderen Bedürfnissen können im „Little Light House" spüren, dass Gott sie bedingungslos liebt – ganz egal, wie stark sie von den Normen unserer Gesellschaft abweichen.

Inzwischen ist der Verein auch international tätig und beginnt, Mitarbeiter in Entwicklungsländern auszubilden. Das Ziel des „Little Light House" ist es, Kindern auf der ganzen Welt die Liebe Gottes zu vermitteln und sie darin zu unterstützen, ihr volles Potenzial zu erreichen. Hunderte von Kindern haben durch diese Arbeit bereits Gottes Gnade erlebt.

Und wer einen solchen Menschen in meinem Namen aufnimmt, der nimmt mich auf.

Matthäus 18,5 (GN)

Tu zunächst, was nötig ist; dann tu das,
was möglich ist; und plötzlich wirst du merken,
dass du das Unmögliche tust.

Franziskus von Assisi

Wie unterstützt man Missionare?

Andrew Nimick mit Jessica Inman

Mit einem stillen Gebet warf ich die Umschläge in den Briefkasten, durch die das „Global Network of Independent Missions, Inc." (Globales Netzwerk für freie Missionswerke) offiziell ins Leben gerufen wurde. Sechs Jahre vorher hatte ich noch keine Ahnung gehabt, dass dieser Tag einmal kommen sollte.

Bei einer Neujahrsfeier, die meine Frau Daleen und ich besuchten, hatte ich mich zum ersten Mal mit der Idee beschäftigt, so eine Organisation zu gründen. Unser Freund Karl hatte die schöne Tradition eingeführt, dass wir uns zu Beginn des neuen Jahres gemeinsam hinsetzten und unsere Ziele für die Zukunft aufschrieben. Damals überlegte ich gerade, wie man es möglich machen könnte, dass Spender sich aussuchen können, was mit ihren Spenden für die Mission genau geschieht. Wie könnte man auf diesem Gebiet eine größere Transparenz schaffen? Ich wusste es nicht und notierte die Idee einfach unter meinen guten Vorsätzen.

In den folgenden Jahren nahmen Daleen und ich an einigen Missionsreisen teil, unter anderem nach Indien und Ecuador. Mehr als jede andere Erfahrung zeigten uns diese Reisen, wie sehr Gott uns gesegnet hat. Wenn wir uns in unserem Haus umschauten, konnten wir manchmal gar nicht fassen, dass wir so einen großen Reichtum besaßen. Gott arbeitete an unserem Herzen und weckte in uns den Wunsch, unseren Überfluss mit anderen zu teilen.

In Indien und Ecuador haben wir so viele wunderbare Menschen getroffen, nicht zuletzt die vielen einheimischen Missionare, die Gott dienen, ohne von einer großen

Organisation unterstützt zu werden. Ihre Ressourcen sind oft äußerst dürftig und trotzdem setzen sie sich mit viel Elan und Ausdauer für Gott ein.

Durch einen dieser einheimischen Missionare haben wir auch Bruder Henry Bhasker kennengelernt, der die „Good Shepherd Mission" (Mission des Guten Hirten) in Puttur, Indien, leitet. Er hat immer viel zu tun. Sein Missionswerk unterhält Waisenhäuser und Seniorenheime, zwei Krankenhäuser, eine Grundschule und zwölf Gemeinden. Daleen brachte von ihrer Reise nach Indien unzählige Bilder von entzückenden Waisenkindern mit. Die Not in diesem Land hat uns beide tief berührt.

Als in unserer Kirchengemeinde dann die Kampagne „Leben mit Vision" durchgeführt wurde, spürten Daleen und ich, dass es an der Zeit war, einen konkreten Schritt zu tun. Wir wollten ein Netzwerk schaffen, wie ich es mir sechs Jahre zuvor ausgemalt hatte: Das „Global Network of Independent Missions, Inc." wurde geboren.

Als Erstes begannen wir, Rundmails zu verschicken, um über die Arbeit von besonderen Menschen wie Bruder Henry zu informieren. Zunächst berichteten wir nur über die „Good Shepherd Mission", weiteten unsere Informationen dann aber auch auf eine Organisation in Nigeria aus. Wir teilten unseren Lesern mit, wo es konkrete finanzielle Bedürfnisse gab, und ermöglichten ihnen dadurch, Geld für ganz spezielle Projekte zu spenden.

Mithilfe dieses Netzwerks wollen wir Menschen wie Bruder Henry so effektiv wie möglich unterstützen. Als beispielsweise einer der Missionare einen Laptop benötigte, suchten wir sowohl nach jemandem, der einen Laptop zur Verfügung stellen konnte, als auch nach einer Person, die sowieso in dieses Land reisen wollte und den Laptop mitnehmen konnte. Wir bemühen uns, bereits vorhandene Ressourcen zu nutzen, anstatt den Missionaren lediglich Geld zu überweisen.

Acht Monate, nachdem wir mit unserer Arbeit begonnen hatten, erfuhren wir, dass die „Good Shepherd Mission" unbedingt einen neuen Kleinbus brauchte. Ihr heruntergekommener alter Bus wurde nur noch von Klebeband und indischem Einfallsreichtum zusammengehalten. Obwohl 11.000 Dollar eine Summe war, die unsere bisherigen Spendeneinkünfte bei Weitem übertraf, sagten wir Bruder Henry, dass wir das Geld für den neuen Bus schon irgendwie aufbringen würden.

Ende Dezember wollten wir das Geld zusammenhaben. Anfang Dezember waren die Aussichten noch ziemlich trüb. Ich rief Bruder Henry an, um ihn zu fragen, ob er auch mit der halben Summe zurechtkommen würde, hatte aber nach dem Gespräch kein gutes Gefühl. Es lag mir am Herzen, den ganzen Bus zu finanzieren, doch offenbar war dazu ein Wunder nötig. Da hieß es, Gott zu vertrauen.

Das Wunder geschah, als im letzten Augenblick noch eine große Spende einging. Ich fand, dass ich noch nie ein schöneres Auto gesehen hatte als den weinroten Kleinbus, den Bruder Henry dafür anschaffen konnte. Wir waren überaus dankbar, dass Gott dies ermöglicht hatte.

Wir wissen, dass die Missionare, die wir unterstützen, unglaublich viel bewirken, indem sie anderen Menschen von Gottes Liebe erzählen und diese Liebe auch ganz praktisch zum Ausdruck bringen. Ein gutes Beispiel dafür ist Sweetie. Sie wurde als kleines Mädchen misshandelt und ausgesetzt und schließlich zur „Good Shepherd Mission" gebracht. Im Waisenhaus bekam sie viel Liebe und Fürsorge, und auf dem Bild, das wir von ihr haben, strahlt sie genau wie die anderen Kinder um sie herum.

Wenn wir die Gesichter dieser Kinder sehen, werden wir immer wieder neu angespornt, uns für sie einzusetzen. Uns ist klar, dass Leute wie Bruder Henry Unterstützung und Ermutigung brauchen, um den verlorenen und verletzten Menschen in ihrer Gegend zu helfen, und genau das möchten wir ihnen geben.

Zu sehen, wie unser Dienst Gestalt annahm, war eine gute Lektion für uns. Ohne Gottes Hilfe und Führung wäre nichts von alledem geschehen. Er war es, der jeden unserer Schritte gelenkt hat, und wir sind dankbar, dass wir an seinem Werk beteiligt sein dürfen.

Denn Gott ist nicht ungerecht. Er vergisst nicht, was ihr getan habt. Ihr habt anderen Christen geholfen und tut es noch.

Hebräer 6,10 (GN)

*Wenn man sagt, eine Situation
oder Person sei hoffnungslos,
knallt man damit Gott die Tür vor der Nase zu.*

Charles L. Allen

Wo noch nie etwas geblüht hat

Gene Beckstein mit Gloria Cassity Stargel

Es ist ein schwüler Tag im August. Ich stehe in einem Gemeinschaftsgebäude, das wir vor dem Zerfall gerettet haben, und lasse meinen Blick über die vielen Kinder aus bedürftigen Familien schweifen: Jedes einzelne ist ein Schatz, der sich nicht mit Gold aufwiegen lässt.

Während ich kleine Papiertüten verteile, in denen sich ein Imbiss befindet, schreit ein Dreikäsehoch: „Mr B., bitte setzen Sie sich hierher!" Ich ziehe einen abgewetzten Plastikstuhl an seine Seite und spreche innerlich ein Dankgebet dafür, dass ich meinen 1,90 m langen Körper auch mit 70 Jahren noch so zusammenfalten kann, dass er auf ein Kinderstühlchen passt.

Ein paar Minuten Pause kommen mir jetzt ganz gelegen, nachdem wir uns den ganzen Vormittag mit allen möglichen Dingen beschäftigt haben. Zum Beispiel haben wir gelernt, wie man die Uhr liest, und wir haben eine kurze Geschichte aus der Bibel gehört.

Im Vergleich zu anderen Altersgruppen ist die Arbeit mit den ganz Kleinen unkompliziert und locker. Meistens stehe ich jedoch vor weitaus größeren Herausforderungen, da ich in diesem Kinderhilfswerk auch für die Bedürfnisse der älteren Kinder und Jugendlichen zuständig bin. Und von diesen Bedürfnissen gibt es eine Menge, angefangen bei einfacher Antriebsschwäche über Armut und Obdachlosigkeit bis hin zu Drogen- und Alkoholsucht. Es gibt Aidsinfizierte und Kinder, die Angst haben, weil zu Hause ständig gestritten wird.

Das schlimmste und am weitesten verbreitete Problem ist jedoch die Hoffnungslosigkeit. Ein gutes Beispiel dafür ist die Reaktion einiger Mütter, als ich ihnen erzählte, dass wir mit den Kindern einen Blumengarten anlegen wollten. Sofort sagte eine der Frauen: „Hier wachsen niemals Blumen."

„Warum nicht?", erkundigte ich mich.

„Weil die Kinder schon die ersten grünen Blättchen ausreißen und zerfetzen werden", gab sie zurück.

„Diese Kinder nicht!", behauptete ich zuversichtlich.

Dabei kenne ich die Hoffnungslosigkeit dieser Menschen nur zu gut, weil ich sie am eigenen Leib erfahren habe. Ich weiß genau, wie ein Kind sich fühlt, das ohne einen einzigen Bleistift in der Tasche in den Schulbus steigt und dort die hübschen Federmappen der anderen Kinder sieht.

Während ich mich im Kreis dieser Kleinen umschaue, frage ich mich unwillkürlich: *Pflanze ich wirklich den Samen der Hoffnung in sie hinein? Gebe ich ihnen die Werkzeuge mit, die sie brauchen, um eines Tages eine Ernte einzubringen? Was ist mit diesem kleinen Kerl, der neben mir sitzt? Kann ich ihm die Hoffnung schenken, dass er etwas aus seinem Leben machen kann? Kann ein einzelner Mensch hier überhaupt etwas ausrichten?*

Und dann schweifen meine Gedanken ab, und ich habe plötzlich den Menschen vor Augen, der mir damals eine neue Perspektive eröffnet hat.

Ich wuchs in einer Mietwohnung in Buffalo, New York, auf und erlebte in meiner Kindheit viel Gewalt. Sie gehörte einfach zum Alltag.

Eines Nachts wurde ich von dröhnenden Schüssen geweckt. Als ich aus dem Fenster spähte, sah ich auf der Straße einen Mann sterben, und erschreckenderweise empfand ich das nicht einmal als etwas Besonderes.

Mein Vater war nebenberuflich Boxer und hauptberuflich Alkoholiker. Sowohl mein Vater als auch meine sieben Brüder hatten wenig Hemmungen, sich durch Schläge

Autorität zu verschaffen. Daher war es wohl kaum verwunderlich, dass ich mit 13 einen anderen Jungen krankenhausreif prügelte und in einer Erziehungsanstalt landete, wo ich 18 Monate verbrachte.

Jeder in meinem Bekanntenkreis war ein Experte in Sachen Diebstahl: Wir klauten Radkappen, Fahrräder – eigentlich alles, was wir finden konnten. Die meisten Leute, mit denen ich aufgewachsen bin, sitzen heute entweder im Gefängnis oder sie sind bereits an Alkohol- und Drogenmissbrauch gestorben. Sie wurden in eine Atmosphäre der Hoffnungslosigkeit hineingeboren und hatten keine Chance, ihr zu entkommen.

Als ich für vier Jahre zur Marine ging, wurde mir zum ersten Mal bewusst, dass es auch ein Leben außerhalb des Ghettos gab. Um hier Erfolg zu haben, musste man jedoch gebildet sein, und ich hatte mir in der Schule keine Lorbeeren verdient. Dann beschloss die Regierung, dass Soldaten, die im Zweiten Weltkrieg gekämpft hatten, auf Staatskosten studieren durften. Das war meine Chance, den Slums für immer den Rücken zu kehren.

An einem schicksalhaften Tag im Juni änderte sich mein Leben dann mit einem Schlag. Ich war 29 Jahre alt und studierte auf dem College. Mein Freund und ich waren mit dem Bus zu einer kirchlichen Veranstaltung gefahren, was für mich etwas völlig Neues war. Dort stand ein fast zwei Meter großer Football-Spieler am Mikrofon und behauptete, dass man eine persönliche Beziehung zu Gott haben könne. So etwas hatte ich noch nie gehört.

Also ging ich nach der Veranstaltung nach vorne, schüttelte diesem Athleten die Hand und erkundigte mich: „Glauben Sie wirklich diesen ganzen Unfug?"

Er schaute mir direkt in die Augen und antwortete: „Ja, absolut." Dann unterhielt er sich noch eine Weile mit mir. Er erklärte mir seinen Glauben, und schließlich begriff ich, dass sogar jemand wie ich Gott kennenlernen konnte. Der

Mann legte seinen Arm um meine Schulter und betete für mich, und während dieses Gebets spürte ich plötzlich ganz deutlich, dass es Gott wirklich gibt. Ich brach in Tränen aus und bat ihn, in mein Leben zu kommen. Seitdem hat sich alles geändert.

Als ich wieder zu Hause in Buffalo war, fand ich eine christliche Gemeinde in der Innenstadt, wo mich die Leute so annahmen, wie ich war. Ich begann, die gute Nachricht von Gottes Liebe weiterzusagen. Später zog ich in den Süden der USA und arbeitete 37 Jahre lang als Lehrer.

Und nun nutze ich meinen Ruhestand, um Menschen in ärmlichen Verhältnissen zu helfen. Meine Frau Margie und ich haben unser schönes Haus auf der anderen Seite der Stadt verkauft und sind in ein bescheidenes Häuschen neben dem Kinderhilfswerk gezogen, damit wir unseren Schützlingen hier zur Verfügung stehen können.

Ein klebriges Händchen unterbricht meinen Gedankengang und holt mich zurück in die Gegenwart. „Wollen Sie was von meinem Wurstbrot haben, Mr B.?" Auffordernd hält mir der edle Spender sein Brot hin.

„Klar doch", sage ich, beiße einen Happen ab und füge aufrichtig hinzu: „Vielen Dank." Als ich meinen Arm um die schmalen Schultern des kleinen Kerls lege, leuchten seine Augen auf. Es kommt mir so vor, als spiegelten sie ein neu entdecktes Selbstwertgefühl wider, so, als wollte er sagen: *Ich werde es schon zu etwas bringen, keine Sorge.*

Am späten Nachmittag schlendere ich den Weg entlang, der den Garten des Gemeinschaftshauses in kleine Beete unterteilt. Kinder in allen Größen und Hautfarben klammern sich an mich oder hüpfen neben mir her, sodass ich wahrscheinlich wie der Rattenfänger von Hameln aussehe.

„Lasst uns doch mal nachschauen, was unser Blumengarten macht", schlage ich den fleißigen Knirpsen vor, die mir im Frühling geholfen hatten, die Beete anzulegen. Die strahlenden Gesichter der Kinder geben mir die Antwort, die ich haben wollte, und ich bin mir nun ganz sicher, dass ich wirklich Samen der Hoffnung in ihr Leben pflanze.

Als wir uns bücken, um die Blumen zu bewundern, strahlt mein Gesicht ebenso wie das der Kinder: Herrliche Blumen prangen an einem Ort, an dem noch nie etwas geblüht hat.

Lasst uns aber im Gutestun nicht müde werden! Denn zur bestimmten Zeit werden wir ernten, wenn wir nicht ermatten.

Galater 6,9

Ihr, die ihr so viel empfangen habt,
teilt es mit anderen.
Liebt andere so, wie Gott euch geliebt hat,
mit Zärtlichkeit.

Mutter Teresa

Wer Gottes Gnade erlebt hat, wird gesegnet, indem er anderen dient

Wer gern wohltut, wird reichlich gesättigt, und wer andere tränkt, wird auch selbst getränkt.

Sprüche 11,25

In 2. Korinther 9,8 schreibt Paulus: „Gott aber vermag euch jede Gnade überreichlich zu geben, damit ihr in allem allezeit alle Genüge habt und überreich seid zu jedem guten Werk."

Wie schön, dass Paulus hier nicht davon spricht, dass wir gerade so über die Runden kommen werden. Stattdessen betont er, dass uns *jede* Gnade überreichlich gegeben wird, damit wir in *allem allezeit alle* Genüge haben. In jeder einzelnen Herausforderung unseres Alltags will Gott uns zur Seite stehen und uns unter die Arme greifen. Unser Leben soll von seiner Gnade und Kraft förmlich überfließen.

Haben Sie gewusst, dass so etwas möglich ist?

Und das Wunderbare an der Gnade ist, dass Gott uns nicht nur ausrüstet, damit wir anderen dienen können, sondern uns darüber hinaus auch noch unglaublich beschenkt. Fragen Sie Menschen, die diese Erfahrung schon gemacht haben: Wenn Gott durch uns andere Menschen segnet, sind wir zum Schluss selbst gesegneter als die Menschen, denen wir dienen.

Zur inneren Ruhe und Glückseligkeit
gibt es nur einen Weg,
und zwar nichts Äußeres sein Eigen zu nennen, sondern
alles Gott darzureichen.

Epiktet

Ein unerwarteter Segen

Jim Snipes mit Nanette Thorsen-Snipes

Wenige Wochen, nachdem ich innerhalb von sechs Jahren zum dritten Mal arbeitslos geworden war, stand ich am Herd und briet Hackfleisch. Meine Frau Nanette sortierte gerade die Rechnungen, die wir bezahlen mussten, und ich ging zu ihr, um einen Blick über ihre Schulter zu werfen. Als plötzlich ein durchdringender Brandgeruch in unsere Nase stieg, konnte meine Frau das Hackfleisch gerade noch retten. Meine Bemühungen, bei der Vorbereitung des Abendessens zu helfen, hatten nicht viel genützt.

Es war schon schlimm genug gewesen, dass ich von der Firma entlassen worden war, bei der ich 28 Jahre lang gearbeitet hatte. Und dann hatte ich auch noch die nächsten beiden Jobs verloren. Ich fragte mich, was aus uns werden sollte.

Die erste Kündigung war wie ein Schlag ins Gesicht gewesen. Ich hatte mir eine Führungsposition erarbeitet, hatte mich in all den Jahren keine 10 Tage krankschreiben lassen und war immer ein fleißiger und loyaler Angestellter gewesen. Doch wie ich erkennen musste, ist niemand unersetzlich.

Eines Tages unterbrach Nan mein tägliches Ritual, Bewerbungen zu schreiben. „Jim", sagte sie, „im Fernsehen wurde gerade gezeigt, dass der Hurrikan *Mitch* Honduras verwüstet hat."

Was ging mich das an? Honduras war unendlich weit von meinen verzweifelten Gedanken entfernt, die ständig darum kreisten, einen Job zu finden.

Sie fuhr fort: „Die Leute dort haben nichts – nichts außer den Kleidern an ihrem Leib."

Ohne zu reagieren begann ich, ein weiteres Formular auszufüllen.

„Ich denke, wir sollten etwas für diese armen Leute spenden", erklärte sie. „Und wir haben auch viele Kleider, die wir ihnen schicken könnten."

Ich spürte Hitze in mein Gesicht steigen. Das konnte doch nicht ihr Ernst sein! Sie wollte anderen Leuten helfen? Wir hatten doch selbst kaum genug.

Unwillig protestierte ich, hielt jedoch inne, als sie sagte, sie fühle sich von Gott dazu gedrängt.

Später an diesem Tag brachten wir abgelegte Kleider zu einer Kirche in unserer Nachbarschaft, die eine Hilfsaktion für Honduras gestartet hatte. Während wir im Keller standen und mit dem Pastor redeten, flüsterte Nan mir etwas zu. Nachdem ich nickend mein Einverständnis gegeben hatte, stellte sie einen Scheck über 100 Dollar aus – eine Ausgabe, die wir uns eigentlich nicht leisten konnten.

Ich sah der darauffolgenden Woche nicht allzu optimistisch entgegen, denn ich erwartete, dass ich wie bisher eine Absage nach der anderen bekommen würde. Doch wie durch ein Wunder öffneten sich gleich mehrere Türen, und es schien tatsächlich, als würde ich bald wieder eine Arbeit haben. Zwar ging die Zeit meiner Arbeitslosigkeit noch nicht sofort zu Ende, aber ich spürte, dass Gott sich um uns kümmerte, nachdem wir bereit gewesen waren, anderen zu helfen.

Ein weiteres Problem bestand darin, dass wir eine Krankenversicherung brauchten, die Beiträge aber nicht bezahlen konnten. Eines Tages erhielten wir einen Brief von unserer Kirchengemeinde: „Wir haben eine anonyme Spende für euch bekommen. Der Geber betet für euch und hatte den Eindruck, er solle euch finanziell helfen." Tränen stiegen mir in die Augen. Dieser Scheck würde unsere Krankenversicherung abdecken!

Gott hat uns unglaublich gesegnet. Obwohl ich mich zuerst wie ein störrisches, verwöhntes Kind benommen habe, das nicht mit anderen teilen will, hat Gott mir seine Gnade erwiesen und sich Stück für Stück um unsere Bedürfnisse gekümmert.

Zwei Wochen nachdem der unerwartete Scheck eingetroffen war, bekam ich die Arbeitsstelle, die ich heute noch habe. Gott ist überaus großzügig, wenn wir bereit sind, anderen zu helfen.

Der Herr ist mein Hirt; darum leide ich keine Not. Er bringt mich auf saftige Weiden, lässt mich ruhen am frischen Wasser und gibt mir neue Kraft.

Psalm 23,1-3 (GN)

Es ist eine der wunderbarsten Abfindungen des Lebens,
dass niemand aufrichtig versuchen kann,
einem anderen zu helfen,
ohne dadurch auch sich selbst zu helfen.

Ralph Waldo Emerson

Hoffnung lässt nicht zuschanden werden

Margaret Lang

Der kleine Flughafen leerte sich und alles wurde ruhig. Um mich herum waren weder Menschen noch Taxis zu sehen. Ich wusste nicht einmal, ob man mir tatsächlich die richtige Adresse gegeben hatte, und konnte mir nicht so recht vorstellen, wie ich an meinen Bestimmungsort gelangen sollte.

Innerlich murrte ich. Wo war das Empfangskomitee? Ich hatte einen Ozean überquert, um mich hier um Waisenkinder zu kümmern und ihnen von Gott zu erzählen. Doch das schien niemanden zu interessieren.

Traurig dachte ich daran, dass ich meine kleine Enkelin Aurora zu Hause in Kalifornien zurückgelassen hatte. Warum nur hatte ich erst so spät im Leben die Gelegenheit erhalten, einen lange gehegten Traum zu verwirklichen? Und warum musste es gerade jetzt passieren, als die Beziehung zwischen Aurora und mir so eng geworden war? Jedes Mal, wenn ich sie besuchte, begrüßte sie mich überglücklich und sprang in meine Arme.

Ich verliere meine Enkelin, dachte ich bestürzt, während ich mich – umgeben von Koffern – auf eine Bank setzte. Mir tat das Herz weh.

Als sich in dem winzigen Flughafenbüro etwas rührte, ging ich hinüber. „Taxi?", fragte ich.

„Wohin wollen Sie?", erkundigte sich eine Frau in gebrochenem Englisch.

Ich durchwühlte meine Handtasche, um die Adresse herauszusuchen. Glücklicherweise fand ich sie und saß kurz darauf im einzigen Taxi dieses Ortes.

Das Gästehaus auf dem Campus der Bibelschule war menschenleer und es war furchtbar heiß. Auf meinem Gesicht standen Schweißperlen, und ich hätte so gerne mit jemandem geredet, aber es gab niemanden, an den ich mich hätte wenden können.

Ich versuchte, mich nicht entmutigen zu lassen, und ging zunächst einmal auf den Markt, um mir etwas zu essen und Wasser zu kaufen. Da ich mit der Landessprache nicht vertraut war, reichte ich der Händlerin einfach einige Münzen und hoffte, dass sie mir genug Wechselgeld geben würde. „Computer? E-Mail?", fragte ich. Sie schüttelte nur den Kopf.

In meinem Zimmer im Gästehaus starrte ich stumm die Wand an. Ich fühlte mich so einsam und von jeglichem menschlichen Kontakt abgeschnitten, dass ich nicht einmal beten konnte.

In den USA lebte ich allein. Wenn ich Gesellschaft brauchte, surfte ich im Internet oder fuhr hinüber zu meiner Enkelin. Wenn ich mit Freunden sprechen wollte, telefonierte ich, verschickte eine E-Mail oder verabredete mich mit jemandem zum Kaffee.

Aber was macht man, wenn man allein in einem fremden Land ist und noch keine Möglichkeit hat, per Telefon oder Internet mit anderen zu kommunizieren? Wenn man noch keine Freunde gefunden hat und seine Enkelin schrecklich vermisst? Man weint dicke Tränen, und das tat ich auch.

Am nächsten Morgen ging es mir schon ein bisschen besser, und ich konnte mithilfe der Bibelschulmitarbeiter tatsächlich Kontakt zu dem Waisenhaus aufnehmen, in dem ich arbeiten sollte. Ein paar Tage später stieg ich in einen uralten Zug, der sich nur mit Mühe auf den Gleisen hielt. Heiße, schwüle Luft wehte durch die offenen Fenster herein, und auf den Gängen versuchten Händler, lebende Hühner sowie Obst und Gemüse zu verkaufen.

Als der Zug anhielt, musste ich über einen Meter tief in ein Reisfeld hinuntersteigen. Ich setzte mich auf eine behelfsmäßige Bank und wartete, bis ein roter Kleinlaster den unbefestigten Feldweg entlangkam, um mich abzuholen. Durch unzählige Schlaglöcher ging es nun an Häusern vorbei, die auf Stelzen gebaut waren, und an Wasserbüffeln, die auf den Feldern grasten.

Und dann begegnete ich ihm. In dem Moment, als ich in das Waisenhaus trat, schaute ein kleiner Junge namens Mac, der seine Eltern verloren hatte, mit strahlenden Augen zu mir auf und sagte: „Ma-gee?"

„Ja, ich bin Ma-gee", antwortete ich mit einem breiten Lächeln. Seine freudige, erwartungsvolle Begrüßung entschädigte mich für die ernüchternde Ankunft in diesem Land.

Kurz darauf gesellten sich weitere Kinder zu uns. Sie erinnerten mich an ausgesetzte Kätzchen, so dankbar waren sie dafür, ein Dach über dem Kopf zu haben. Eifrig trugen sie meine Habseligkeiten zu meinem Zimmer, das sich hinten im Gebäude befand, wobei der kleine Mac stolz vorausmarschierte.

Auch am nächsten Morgen schenkte mir der Kleine seine ungeteilte Aufmerksamkeit und half mir, wo er nur konnte. Er sprang sofort von seiner Matte auf, um mir die Tür zum Waisenhaus zu öffnen.

Als ich beim Schuheausziehen aus dem Gleichgewicht kam, durfte ich mich bei ihm abstützen. Als er merkte, dass es mir schwerfiel, mich im Schneidersitz auf den Boden zu setzen, holte Mac mir einen Stuhl. Als ich mich an den scharfen Peperoni in meinem gebratenen Reis verschluckte, brachte er mir ein Glas Wasser und einen neuen Teller Reis ohne die scharfen Zutaten. Er stellte die Tafel in meinem Klassenzimmer auf und begleitete mich jeden Abend zu meinem Zimmer – trotz des Monsunregens, des zähen Schlamms und der lästigen Insekten.

Ich wollte ihm so gern sagen, wie viel er mir bedeutete. Doch wegen der Sprachbarriere konnte ich ihm das nur mithilfe eines Übersetzers mitteilen, und das war irgendwie nicht persönlich genug. Also nahm ich Mac und einige der anderen Jungen mit zu einer Pizzeria in der Stadt, was für sie etwas ganz Besonderes war.

Mit vollem Bauch – sie hatten natürlich auch bei der Pizza nicht auf ihre heißgeliebten Peperoni verzichtet – spazierten wir die Straße entlang. Auf einmal spürte ich, wie sich eine kleine Hand in meine schob. Ich schaute nach unten. Es war Mac.

In einer Kultur, in der solche Gesten der Zuneigung nur innerhalb der Familie üblich sind, drückte dies ganz klar aus: „Ich möchte dich als Großmutter adoptieren."

Ich hatte einen Traum verwirklicht, den ich als eine Berufung von Gott betrachtet hatte, nämlich Kindern in fremden Ländern Liebe zu schenken. Es war nicht einfach gewesen. Ich war weit weg von meiner Familie und alles war ungewohnt. Doch mit Macs Hand in meiner wusste ich, dass ich viel reicher beschenkt worden war, als ich es mir je hätte vorstellen können. Neben meiner entzückenden Enkelin gab es nun auf der anderen Seite der Welt einen wunderbaren Jungen, den ich als Enkel betrachten durfte. Durch Mac erlebte ich, in welchem hohen Maß wir gesegnet werden, wenn wir anderen dienen.

Während Mac und ich inmitten einer Traube von Kindern weiterschlenderten, kam es mir vor, als würde das Licht der Liebe Gottes direkt auf uns herabscheinen – und mein Herz floss über vor Dankbarkeit.

Die Hoffnung aber lässt nicht zuschanden werden, denn die Liebe Gottes ist ausgegossen in unsere Herzen durch den Heiligen Geist, der uns gegeben worden ist.

Römer 5,5

*Jeder Dienst für Gott, ob er nun in der Öffentlichkeit
oder im Verborgenen getan wird,
hat an der Unvergänglichkeit des Reiches Gottes teil.*

Bruce Milne

Wer hat wem geholfen?

Diane H. Pitts

„Denkst du, dass du Alex helfen kannst?", fragte meine Freundin Lisa. Die Antwort auf diese Frage sollte mein Leben verändern.

Lisa und Keith Coggin unterstützten einen jungen Mann namens Alex, der in einem Waisenhaus in Uganda lebte. Er war 17 Jahre alt, sah aber aufgrund der Unterernährung in seiner Kindheit aus wie 14. Da er an einer chronischen Knochenhautentzündung litt, hatte er schon mehrmals operiert werden müssen. Nun wollten meine Freunde diesen Jungen in die USA holen, damit er hier ein neues Hüftgelenk bekommen konnte. Nach der Operation würde er natürlich die Hilfe einer erfahrenen Physiotherapeutin brauchen und deshalb wandten sie sich an mich. Ob ich mir vorstellen könnte, Alex zu helfen?

„Selbstverständlich!", erklärte ich und versicherte, dass es mir eine Ehre sei.

Als ich Alex zum ersten Mal sah, war sein Lächeln so breit wie die Steppe Afrikas. Er stützte sich auf provisorische Krücken und blickte mich mit seinen tiefschwarzen Augen eindringlich an.

„Tante Diane", fragte er, „können Sie mir helfen, damit ich wieder besser laufen kann?"

Das Vertrauen und die Hoffnung, die ich in seinen Augen sah, versetzten mir einen Stich. Vier Jahre zuvor hatte ich meine Praxis für Krankengymnastik aufgegeben. Und nun stand jemand vor mir und bot mir die Gelegenheit, mich wieder für andere Menschen zu engagieren. Mit belegter Stimme erwiderte ich: „Ich werde es versuchen, Alex."

In den darauffolgenden Wochen klapperte ich mit ihm alle möglichen Arztpraxen ab, bis wir schließlich bei einem Orthopäden landeten, der unverblümt erklärte: „Alex, um deine Hüfte ist es viel schlechter bestellt, als die Röntgenbilder aus Afrika erkennen ließen. Wir können dir kein neues Hüftgelenk einsetzen." Stirnrunzelnd blätterte er in der Akte. „Wenn es auch nur die geringste Chance gäbe, dass diese Operation einen Sinn hat, würde ich sie sofort durchführen."

Alex nickte und schaute zu Boden. „Vielen Dank."

Seine Enttäuschung schnitt mir ins Herz. *Warum, Gott?*, betete ich im Stillen. *Wir haben so große Hoffnungen gehabt. Wie konntest du ihn hierherbringen, nur um ihn hier gegen die Wand rennen zu lassen?*

Auf der Rückfahrt zu den Coggins schwiegen wir beide. Während Alex sich in den folgenden Tagen bemühte, die niederschmetternde Aussage des Arztes zu verarbeiten, musste er noch einen weiteren Schlag einstecken: Er bekam Fieber aufgrund einer Infektion in seinem rechten Fuß. Wir mussten erneut zum Arzt fahren, wo ihm ein starkes Antibiotikum verschrieben und die Wunde durch eine ambulante Operation gereinigt wurde. Trotz seiner Schmerzen lernte Alex 10, manchmal sogar 12 Stunden pro Tag für die Schule.

„Mama", fragten mich meine drei Söhne, „warum büffelt Alex so viel?"

„Er braucht eine gute Ausbildung, damit er in Uganda überleben kann. Immerhin ist er auf sich allein gestellt und muss sich seinen Lebensunterhalt selbst verdienen." Lächelnd fuhr ich meinem ältesten Sohn durchs Haar. „Alex hat leider keine nervige Mutter, die ihn dauernd daran erinnert, dass er seine Hausaufgaben machen muss."

Jacob, Tyler und John schauten mich mit großen Augen an. „Aber Mama, er hat doch jetzt dich."

Meine Kehle verengte sich. „Ja, da habt ihr wohl recht."
Von Lisas Küche aus schaute ich zu, wie Alex auf dem Sofa lernte. Sein Fuß steckte in einem weißen Verband und um ihn herum lagen lauter Bücher. Dieser junge Mann war wirklich einzigartig, davon war ich überzeugt.

Eines Nachmittags brachte ich Alex zum Verbandswechsel ins örtliche Krankenhaus. Auch dort lernte Alex weiter für die Schule, unbeeindruckt von dem Trubel um ihn herum. Eine Physiotherapeutin nahm mich zur Seite, um sich bei mir zu erkundigen, was für Fortschritte er machte. Sie warf einen Blick in seine Richtung und bemerkte dann leise: „Er ist wie ein kleiner Jesus, nicht wahr?"

Sie hatte recht. Alex hinterließ bei allen Leuten, denen er begegnete, einen unglaublich starken Eindruck. Obwohl es ihm so schlecht ging, strahlte er etwas aus, das sich nur durch seine Beziehung zu Jesus erklären ließ. Selbst Menschen, die Gott sehr fernstanden, merkten das.

Sobald die Wunde an Alex' Fuß verheilt war, zeigte ich ihm, wie er seine Muskeln mithilfe verschiedener Übungen trainieren konnte. Ich freute mich, dass ich endlich wieder einmal anwenden konnte, was ich gelernt hatte, und ich verfolgte gespannt jeden noch so kleinen Fortschritt, den Alex machte. Wenn die Übungen ihn tatsächlich weiterbrachten, kamen mir manchmal vor Freude die Tränen. Dann lächelte Alex und sagte schlicht: „Ich habe Ihnen doch gesagt, dass Gott mir helfen wird."

Obwohl er während seines Aufenthalts in den USA kein neues Hüftgelenk bekam, wie ursprünglich geplant, besserte sich sein Zustand innerhalb von sechs Monaten so weit, dass er anstelle der Krücken nur noch einen Stock brauchte.

Als der Zeitpunkt immer näher rückte, an dem Alex wieder zurück in seine Heimat fliegen sollte, fragte ich ihn eines Tages, ob er vielleicht hier in Amerika zur Schule gehen wolle. Ich bot ihm an, dass er während dieser Zeit bei uns leben könne.

Auf seinem Gesicht zeigten sich widerstreitende Gefühle. „Tante Diane ... es ist sehr lieb von Ihnen, mir das anzubieten. Aber in diesem Land haben die Leute alles und in Uganda haben wir nichts. Wenn ich hierbleibe, werde ich wahrscheinlich faul; hier ist alles zu einfach. Jesus möchte, dass ich zurückgehe und meinen Landsleuten von ihm erzähle."

Ich konnte kaum fassen, was ich da hörte. Obwohl dieser junge Mann die Möglichkeit hatte, der Armut den Rücken zu kehren, nutzte er sie nicht. Dabei war die medizinische Versorgung in Uganda so schlecht, dass er durchaus an den Folgen seiner Krankheit sterben könnte.

Seine Reaktion erschütterte mich zutiefst.

In gewisser Weise begriff ich jedoch, wie er zu dieser Entscheidung gelangt war. Auch er war nicht immun gegen die Versuchung, so sein zu wollen wie alle anderen. Wenn er hierblieb, würde er ebenfalls irgendwann Markenschuhe kaufen, um möglichst cool zu sein.

Seine Stimme unterbrach meinen Gedankengang. „Ich muss wieder zurück nach Uganda. Aber vielleicht kommen Sie mich mal besuchen, dann kann ich Ihnen mein Zuhause zeigen." Bei seinem Lächeln wurde mir warm ums Herz, und ich wusste, dass ich ihn gehen lassen musste.

Wenige Tage später begleiteten die Coggins ihn zurück nach Uganda. Ich kehrte wieder zu meiner gewohnten Routine zurück und führte mir vor Augen, wo Alex überall einen tiefen Eindruck hinterlassen hatte: bei den Jugendlichen in der Gemeinde, bei den Angestellten im Krankenhaus und ganz besonders bei mir.

Zwei Wochen nach seiner Rückkehr bekam Alex hohes Fieber, das sich durch kein Medikament beeinflussen ließ. Später schilderte er uns, wie er nachts auf dem Boden gelegen, laut gebetet und Bibelverse aufgesagt hatte. Er flehte

Gott an, ihm zu helfen, und sein himmlischer Vater erhörte sein Gebet: Am nächsten Morgen war das Fieber verschwunden.

Als ich davon erfuhr, spürte ich, dass Gott mir etwas sagen wollte: *Du hast alles getan, was in deiner Macht stand, um Alex zu helfen, und das war gut. Aber du musst begreifen, dass die Heilung letzten Endes in meiner Hand liegt.*

Ich nahm mir fest vor, nicht zu vergessen, was Gott mich durch Alex gelehrt hatte. In der Zeit, die ich mit diesem Jungen verbracht hatte, war in mir der Wunsch wieder aufgelebt, anderen Menschen zu dienen. Künftig wollte ich den Segen, den ich von Gott empfangen hatte, an kranke Menschen weitergeben, indem ich meine beruflichen Kenntnisse anwandte.

Während ich mich bemüht habe, einem kranken afrikanischen Jungen zu helfen, hat Gott mir geholfen, indem er mein Herz berührt hat.

Die Gnade unseres Herrn Jesus Christus sei mit eurem Geist, Brüder.

Galater 6,18

*Unser Glück ist dann am größten,
wenn wir zum Glück anderer beitragen.*

Harriet Shepard

Die Weihnachtsüberraschung

Eva Juliuson

Als ich das Zimmer meines Mannes im Krankenhaus verließ, war ich verzagter als je zuvor. Mit einer Hand hielt ich die Babytragetasche fest, in der unser drei Monate altes Baby lag, und mit der anderen griff ich nach der Hand meines fünfjährigen Sohnes Ryan. Der Kleine war sehr still. Er hatte lernen müssen, leise zu sein, wenn er bei seinem Papa war, der schon seit drei Jahren schwer krank war. Ryans Augen hatten schon mehr Leid gesehen als viele Leute in ihrem ganzen Leben. Und der letzte Monat war am schlimmsten gewesen.

Wir gingen am Stationszimmer vorbei und mein Blick fiel auf die farbenfrohe Weihnachtsdekoration. Ich konnte es kaum glauben – nur noch wenige Tage, dann war wirklich schon Weihnachten. Mir war allerdings nicht im Geringsten nach Feiern zumute. Während wir mit dem Aufzug nach unten fuhren, schossen mir einige Erinnerungen an vergangene, unbekümmerte Festtage durch den Kopf. Sie standen in krassem Gegensatz zu der sterilen Krankenhausumgebung, in der wir das Fest dieses Jahr würden verbringen müssen.

Wie konnte ich meinem kranken Mann und unseren vier Kindern nur ein schönes Erlebnis bereiten, an das sie sich später gern erinnern würden?

Die erste Schwierigkeit bestand darin, dass wir absolut kein Geld hatten. Da wir nicht krankenversichert waren, hatte uns Steves Krankheit in einen finanziellen Abgrund gestürzt. Aber das zweite Problem war noch größer, und das war unser Gemütszustand. Wie sollten wir feiern, wenn alles so hoffnungslos schien? Als wir auf den

Parkplatz traten, kam mir jedoch plötzlich eine Idee: Wir konnten einer armen Familie eine Weihnachtsüberraschung bereiten.

Seit mein Mann und ich verheiratet waren, hatten wir jedes Jahr vor Weihnachten eine Familie beschenkt, die es sich nicht leisten konnte, Geschenke für ihre Kinder zu kaufen. Diese Aktion hatte uns immer in echte Weihnachtsstimmung versetzt. Also würden wir diese Tradition auch dieses Jahr beibehalten! Zwar konnten wir keine Geschenke kaufen, aber unter den Sachen, die wir zu Hause hatten, würde sich schon etwas finden, was wir verschenken konnten.

Allmählich erwärmte ich mich immer mehr für diese Idee. Als wir zu Hause ankamen, war mir sogar wieder eingefallen, dass eine Freundin von einer bedürftigen Familie in unserer Nachbarschaft erzählt hatte – das waren genau die richtigen „Opfer"!

Meine beiden älteren Kinder ließen sich von meiner Begeisterung anstecken, und gleich darauf suchten wir im ganzen Haus nach Dingen, die sich zum Verschenken eigneten. Ich fand eine noch nicht angebrochene Flasche Parfum und ein Armband für die Mutter. Eric, unser Ältester, präsentierte ein wirklich cooles Auto und ein Spiel für den Jungen, während meine Tochter Chrissy in ihrem Zimmer ein paar Kuscheltiere, eine Puppe und ein glitzerndes Handtäschchen für das Mädchen entdeckte. Ryan war aus einigen Kleidungsstücken herausgewachsen, die noch fast neu waren und genau die richtige Größe für das jüngere Nachbarskind hatten. Und in einem Schrank im Flur lag tatsächlich noch eine ganze Rolle Geschenkpapier vom Vorjahr.

Rufe und Lachen schallten durchs Haus, als wir alle zusammen die Geschenke einpackten. Die Kinder bastelten Geschenkanhänger und schrieben darauf: „Rate mal, von wem dieses Geschenk stammt!" Eric brachte einen großen

Karton, in dem wir alle Geschenke verstauen konnten. Da wir selber einen ganzen Korb voller Obst und Nüsse geschenkt bekommen hatten, konnten wir auch davon noch etwas dazulegen.

Während ich das Baby im Auto anschnallte, luden meine Großen den Karton auf den Rücksitz. Vor der Wohnung unserer Nachbarn vergewisserten wir uns zunächst, dass wir nicht beobachtet wurden. Dann schnappten sich die Kinder den Karton und stellten ihn blitzschnell vor der Tür ab. Nachdem Chrissy geklingelt hatte, sausten alle so schnell sie konnten zurück zum „Fluchtwagen".

Selbstverständlich hatte ich den Motor laufen lassen, und kaum waren die Autotüren zugefallen, fuhr ich mit quietschenden Reifen davon. Die Kinder konnten gerade noch sehen, wie die Haustür aufging.

Wir hatten es geschafft! So viel Spaß hatten wir lange nicht gehabt. Jedes der Kinder berichtete atemlos, wie wir um ein Haar erwischt worden wären, und dann malten sie sich begeistert die überraschten Gesichter der Beschenkten aus.

Ich erklärte ihnen, dass es an Weihnachten genau darum geht: Gott hat uns beschenkt, und er wünscht sich, dass wir unseren Reichtum mit anderen teilen. Uns wurde bewusst, dass wir tatsächlich noch genug hatten, um etwas abgeben zu können, und wir fühlten uns, als hätten wir Gott selbst ein Geschenk gemacht.

Unsere Gesichter glühten noch vor Aufregung, als wir nach Hause kamen. Ich schaute in den Briefkasten. Obwohl die Post noch nicht gekommen war, fand ich sechs Briefumschläge darin, für jeden von uns einen. Neugierig machte ich den Umschlag auf, auf dem mein Name stand, und entdeckte darin einen Kleidergutschein über 100 Dollar.

Jedes der Kinder fand das gleiche Geschenk in seinem Umschlag. Ich konnte es kaum fassen – und ich konnte es kaum erwarten, meinem Mann davon zu erzählen. Gott hatte uns wirklich eine wunderbare Weihnachtsüberraschung bereitet.

Gut steht es um den Menschen, der den Armen schenkt und leiht und der bei allem, was er unternimmt, das von Gott gesetzte Recht beachtet.

Psalm 112,5 (GN)

Lehre uns, Herr, dir zu dienen, wie es sich gebührt:
zu geben, ohne die Kosten zu überschlagen;
zu kämpfen, ohne auf die Wunden zu achten;
zu arbeiten, ohne eine Pause zu verlangen;
zu dienen, ohne einen anderen Lohn zu fordern als die
Gewissheit, dass wir deinen Willen tun.

Ignatius von Loyola

Wie kann man Jesus einen Dienst erweisen?

Christy Phillippe

Während Penelope an einem heißen Spätnachmittag im August auf das Krankenhaus zuging, betete sie, dass Gott ihr helfen möge, seine Liebe an die Patienten weiterzugeben. Als Krankenschwester hatte sie viele Gelegenheiten, für die Patienten und deren Angehörige zu beten sowie dafür, dass Gott sie als sein Werkzeug gebrauchte. An diesem Tag lag ihr eine Familie ganz besonders am Herzen; ein junges Ehepaar mit einem süßen zweijährigen Sohn.

Ungefähr vor einem Jahr war bei dem Vater, Donald, Leukämie diagnostiziert worden, und das Pflegepersonal hatte mit ansehen müssen, wie der junge Mann immer dünner, schwächer und elender geworden war. Nun waren seine letzten Tage gekommen und seine hübsche junge Frau saß ständig an seinem Bett. Ab und zu huschte sie kurz auf den Flur hinaus, lehnte sich dort gegen eine Wand und weinte. Wenn ihr kleiner Sohn dabei war, umschlang er ihre Beine mit seinen molligen Ärmchen und fragte besorgt: „Mama, warum bist du traurig?"

Als Donald in die Klinik eingeliefert worden war, hatte er ein freundliches, gewinnendes Wesen gehabt, doch mit jeder Chemotherapie war er verschlossener und verdrießlicher geworden. Penelope betete immer wieder, wenn sie sich um ihn kümmerte: „Gott, gib mir doch die richtigen Worte, damit ich ihm helfen kann, sich dir gegenüber zu öffnen." Aber Donald war meistens kurz angebunden und schien kein Interesse an einem ausführlicheren Gespräch zu haben.

An diesem Morgen hatte ein Gastredner im Gottesdienst über das 25. Kapitel des Matthäusevangeliums gepredigt. Er hatte gesagt, dass man Jesus einen Dienst erweisen könne, indem man anderen Menschen dient. Zwar war Penelope durchaus klar, dass Gott durch uns andere Menschen segnen möchte, aber sie hatte bis jetzt noch nicht gewusst, dass man auch Jesus selbst einen Dienst erweisen kann. Daher bat sie Gott an jenem Morgen, ihr zu zeigen, wie sie das tun konnte. Als sie mit ihrer Arbeit begann, dachte sie jedoch nicht mehr an dieses Gebet.

Zunächst ging Penelope von einem Zimmer zum anderen und überzeugte sich davon, dass die Patienten alles hatten, was sie für die kommende Nacht benötigten. Vor Donalds Tür betete sie stumm: „Bitte, Herr, öffne sein Herz, damit ich ihm von dir erzählen kann."

Sie fürchtete, dass dies ihre letzte Chance sein könnte, denn der junge Mann schien nur noch aus Haut und Knochen zu bestehen. In dem dämmrigen Zimmer war es so still, dass nur das mühevolle Atmen des Patienten zu hören war. Penelope wechselte die Infusionsflasche aus und verstellte das Kopfteil des Bettes.

„Donald", sagte sie dann leise, „kann ich es Ihnen irgendwie bequemer machen?"

Mit einer schwachen, heiseren Stimme, die eher zu einem Greis als zu einem jungen Mann gepasst hätte, antwortete er: „Könnten Sie mir vielleicht den Rücken massieren? Ich habe furchtbare Rückenschmerzen."

Während Penelope ganz behutsam seinen Rücken massierte, betete sie im Stillen wieder für Donald und flehte Gott an, ihr die richtigen Worte für ihn zu schenken. Doch ihr fiel absolut nichts ein, was sie hätte sagen können. Mit geschlossenen Augen richtete sie sich innerlich noch mehr auf Gott aus und strich dabei sanft über den Rücken ihres Patienten. Nach einer Weile schien Donald sich ein wenig zu entspannen und sein Atem wurde ruhiger. Eine

Atmosphäre des Friedens erfüllte das kleine Zimmer, und tief in ihrem Innern wusste Penelope plötzlich, dass es der zerschlagene Rücken von Jesus selbst war, den sie hier massierte. Sein gebrochener Leib war es, um den sie sich jetzt liebevoll kümmerte. Als sie ihre Augen öffnete, kam es ihr vor, als würde Jesus selbst in diesem Bett liegen.

Da Donald inzwischen eingeschlafen war, ging Penelope schließlich leise aus dem Zimmer hinaus.

Penelope hat Donald in diesem Moment mehr vermittelt, als Worte es ausdrücken können. Und sie hat erlebt, wie sehr wir selbst gesegnet werden, wenn wir Jesus einen Dienst erweisen, indem wir anderen dienen.

Dann wird der König antworten: Ich versichere euch: Was ihr für einen meiner geringsten Brüder oder für eine meiner geringsten Schwestern getan habt, das habt ihr für mich getan.

Matthäus 25,40 (GN)

Man kann eine Schuld nicht durch Dankbarkeit begleichen, man kann sie nur woanders im Leben „in Naturalien" zurückzahlen.

Anne Morrow Lindbergh

Das Wunder im Cromwell-Crown-Hotel

Harry Heintz mit Peggy Frezon

Schon seit Stunden marschierten wir durch London. Wir schleppten schwere Koffer mit uns herum und suchten verzweifelt nach einer Unterkunft. Unsere Gruppe, die aus 19 Mitgliedern unserer Kirchengemeinde bestand, war auf der Heimreise von einem Missionseinsatz in Kenia. Wir hatten hier in London einen Zwischenstopp eingelegt, um noch ein paar Tage Urlaub zu machen, bevor wir wieder zurück nach New York flogen. Nun waren wir müde, aber auch sehr aufgewühlt, denn wenige Stunden vorher waren wir mit der U-Bahn-Linie „Piccadilly" unterwegs nach King's Cross gewesen, als der Zug plötzlich nicht mehr weitergefahren war.

Alle Reisenden waren angewiesen worden, die U-Bahn sofort zu verlassen. Verwirrt hatten wir uns den unzähligen Menschen angeschlossen, die sich durch die Türen zwängten und auf der Straße verteilten. Riesige Menschenmengen wälzten sich den Bürgersteig entlang. Die Situation erinnerte an eine Szene aus einem Action-Film: Sirenen heulten und überall herrschte Chaos. *Du liebe Zeit, was ist nur passiert?*, fragten wir uns bestürzt. Dann erkundigten wir uns bei den Leuten um uns herum.

„Eine Bombe ist hochgegangen!", sagte jemand.

„Das war ein Terroranschlag", behauptete ein anderer Passant mit weit aufgerissenen Augen. „Eine Bombe hat einen Doppeldeckerbus in die Luft gejagt und eine weitere ist in King's Cross explodiert."

King's Cross – genau dorthin waren wir unterwegs gewesen und nur noch ein paar Stationen hatten uns von unserem Ziel getrennt. Wären wir ein paar Minuten früher aufgebrochen, so hätte unsere Reise ein tragisches Ende nehmen können.

Die U-Bahnen wurden stillgelegt, kein Bus fuhr mehr und Taxis oder Autovermietungen waren nirgends zu finden. Nachdem wir unser Gepäck stundenlang durch die Gegend geschleppt hatten, sahen wir ein, dass wir niemals zu Fuß zu unserem Hotel gelangen würden. Wir mussten uns irgendwo ausruhen und außerdem wollten wir uns unbedingt mit unseren Familien auf der anderen Seite des Atlantiks in Verbindung setzen. Es war schon ziemlich spät, deshalb würden wir uns mit der nächstbesten Unterkunft begnügen müssen.

„Haben Sie Zimmer frei?", fragte ich so oft, bis ich heiser war.

Überall wurden wir wieder fortgeschickt, denn freie Zimmer gab es nur in Luxushotels, deren Preise unsere bescheidenen Möglichkeiten bei Weitem überstiegen. Als wir schließlich an einem kleinen Hotel vorbeikamen – es hieß „Cromwell Crown" –, hatte ich das Gefühl, dass ich es dort versuchen solle.

„Wir sind schon stundenlang herumgelaufen", erklärte ich der Dame an der Rezeption. „Und wir kommen gerade von einem Missionseinsatz in Kenia zurück und sind völlig erschöpft. Können Sie uns helfen?"

Während ich der Empfangsdame unsere Situation schilderte, trat ein Mann zu uns, der scheinbar aus dem Nichts aufgetaucht war. Im Ausdruck seiner dunklen Augen meinte ich Verständnis für uns zu lesen. „Wie viel können Sie denn bezahlen?", fragte er.

„Nicht viel", erwiderte ich nüchtern.

Daraufhin sah er uns einen Moment lang nachdenklich an und nickte. „Ich werde Ihnen helfen."

Ich konnte es kaum glauben. „Vielen, vielen Dank. Das wissen wir wirklich zu schätzen", beteuerte ich und ließ endlich meine schweren Koffer los.

Seine Reaktion auf meinen überschwänglichen Dank überraschte mich. „Nein, *ich* weiß es zu schätzen", erwiderte er. „Ich stamme nämlich aus Kenia."

Wir hatten es als Privileg empfunden, Gott in Kenia dienen zu dürfen, und die Dankbarkeit der Menschen dort hatte uns genug für unseren Einsatz belohnt. Doch durch die Hilfsbereitschaft dieses Mannes zeigte uns Gott einmal mehr, dass unsere Mühen nicht umsonst gewesen waren. Gerade als wir nicht mehr weiterwussten und völlig am Ende waren, spürten wir Gottes Nähe und seinen Segen.

Was meinst du, wer von diesen dreien der Nächste dessen gewesen ist, der unter die Räuber gefallen war? Er aber sprach: Der die Barmherzigkeit an ihm übte. Jesus aber sprach zu ihm: Geh hin und handle du ebenso!

Lukas 10,36-37

Bewegende Geschichten.

Andi Weiss:
Es wird nicht dunkel bleiben
50 Geschichten der Hoffnung.

Gebunden · 160 Seiten
ISBN 978-3-86591-340-1

Diese Erlebnisse gehen zu Herzen und schenken Kraft für den Glauben.

Gott begegnet uns Menschen auch heute noch. Davon zeugt diese Zusammenstellung von wahren Geschichten. Bekannte und weniger bekannte Persönlichkeiten haben zur Feder gegriffen und aufgeschrieben, was sie mit Gott insbesondere in dunklen, schweren Zeiten erlebt haben.

Die 50 Geschichten berichten etwa von einem Pfarrer, der am Grab eines Mädchens die Antwort auf die Frage nach der Auferstehung findet, von einem Mann, dessen Verlobte plötzlich das Weite sucht, und einem Franziskaner, der unter Drogenabhängigen den Sinn von Weihnachten wiederentdeckt.

Die hoffnungsvolle Botschaft in allen Geschichten lautet: Es wird nicht dunkel bleiben!